LA NUIT DES CHATS

Un roman de

Théo ABBEY

Las honestas palabras dan indicio de la honestidad del que las pronuncia o las escribe.

MIGUEL DE CERVANTES SAAVEDRA,
Novelas ejemplares

Du même auteur :

Le voyage d'un jour (*recueil de poèmes,*
AMAZON © 2022)

SOMMAIRE :

Prélude à la Nuit des Chats

PRÉLUDE À LA NUIT DES CHATS

Des nuits, j'en ai passé des milliers
Et j'en ai tant oublié, ma foi !
Tout un pan de ma vie parti en fumée !
Hormis cette longue et étrange nuit…

Qui commença quand ce bon Balthazar
Furtivement vint se blottir auprès de moi,
Se couchant, comme à son habitude,
De tout son long contre mon oreiller !

Et tandis que je m'endormais,
Je crus alors entendre mon Balthazar
Me réciter toute une histoire avec mes propres mots…
C'est cette histoire des plus cocasses que je veux vous conter !

Car parfois les chats s'engouffrent dans nos rêves
Et ces rêves dont les pauvres bougres que nous sommes
Peinent tant à se souvenir le lendemain,
Les chats les lisent bien mieux, il me semble, que quiconque parmi nous !

1
Le Shah des Chats

BALTHAZAR : Il s'endort tout de même... Ah ! Ce n'est pas trop tôt ! Je vais pouvoir enfin lui fausser compagnie : ni vu ni connu, je bondirai de mon coussin puis je traverserai la chambre sur le champ... et à pas de velours, bien sûr, et sans miauler ! Depuis le temps que je fais mine de dormir, en somnolant ici, dans ce lit, à ses côtés !

À travers les persiennes je devine déjà le soleil qui s'éclipse en rougissant une dernière fois. Nous, les chats, sommes certes heureux de vivre au côté des humains... pour ne pas dire à leurs dépens, il faut bien l'admettre ! Pourtant les uns et les autres ne nous croisons en général que furtivement, chacun s'en rendra compte...

Car en été les hommes se couchent souvent avec les poules, au coucher du soleil : cela nous est bien connu, à nous les chats qui préférons, cela va de soi, nous lever en même temps que la lune ! À ce propos, cette nuit ne fera pas exception à la règle ! Et si mon maître pense pouvoir me séquestrer chez lui, en verrouillant la porte du hall comme en me privant de chatière, ce qui m'irrite tout autant ! je ne manque pas d'astuces, figurez-vous, pour prendre la poudre d'escampette... comme le ferait tout héros de série B qui se respecte !

Vous me répondrez que je suis bien incapable de tourner une clef insérée dans le cylindre d'une porte ! Sans doute avez-vous raison... Surtout que les clefs restent évidemment hors de ma portée... Mais je sais appuyer sur un bouton, qu'on se le tienne pour dit ! Vous n'avez d'ailleurs qu'à me suivre ! Il vous suffit de descendre l'escalier avant que d'accéder au garage en dessous ; certes, la grande porte du garage est elle-même fermée mais regardez-moi faire ! Un petit saut sur l'établi et je n'ai plus qu'à poser la patte sur le bouton vert de la télécommande… Miracle ! L'immense porte coulissante se lève alors comme de son propre chef, et sans qu'on n'ait à forcer, s'il vous plaît ! Un chat comme moi sait reconnaître les nombreux bienfaits de la technologie moderne, vous en serez désormais convaincus !

Me voici donc enfin à l'air libre, prêt à me laisser bercer par la douce brise de cette nuit estivale. Quel magnifique concert de grillons ! Et tous à l'unisson ! On croirait qu'ils chantent en mon honneur, en guise de   bienvenue. Maintenant, que je respire de quitter l'étroitesse de ces murs ! J'habite peut-être un authentique château mais le délaisser pour en explorer les alentours restera toujours mon passe-temps favori. Je peux bien me passer de confort un court instant pour un petit voyage vers l'inconnu !

Et je me rappelle l'une de mes dernières escapades, il y a de cela une semaine… J'arpentais chacun des prés et jardins attenant à ma propriété quand très vite je me heurtai à quelques-uns de mes congénères : ils semblaient bien étonnés de me croiser ! Bien sûr je n'eus pas l'outrecuidance de les traiter de bâtards mais ils semblaient par trop suspicieux à mon égard. Que l'on soit pauvre ou nanti, se garder de ses préjugés reste un art bien difficile ! Toujours est-il que tous se mirent à pouffer en me voyant ! Tous à l'exception d'un seul… un chat noir… qui miaula devant moi en guise de bonsoir… Mais celui-ci ne tarda pas à déguerpir ! Était-ce le signe d'une possible amitié, je ne saurais l'affirmer ! Seul l'avenir m'en dira davantage.

À vrai dire, le temps me parut bien long cette nuit-là. Je vous avoue qu'il n'est pas toujours drôle de chasser en solitaire. Souvent je peine à trouver quelqu'un avec qui m'entretenir et ce n'est malheureusement pas avec mon maître que je puis assouvir ce désir, lui qui ne comprend pas la moindre de mes tentatives de conversation ! Et son entourage n'est guère plus intelligible... Quelle tristesse alors pour moi que d'être de lignée princière sans trouver dans ce château le moindre compagnon ni la moindre compagne pour égayer mes nuits ! Je dois m'enorgueillir d'une noblesse dont je ne tire que peu d'avantages ma foi...

Vous en douterez peut-être mais on me dit le descendant d'une lignée de Mages venus de la lointaine et antique Perse ! Prenez-moi donc pour un arrogant mais sachez que tous me reconnaissent en tout cas comme un authentique chat persan bleu, de par la générosité de mon pelage bleuté, bien sûr ! mais aussi de par la grâce de mon nez, bien moins proéminent, vous ne me contredirez pas, que celui de Cléopâtre ! Je serais en fait l'arrière-petit-fils du chat de feu Sa Majesté le Shah d'Iran, c'est ce qu'affirme régulièrement mon maître... Mais ce dernier n'en manque pas une, en vérité, pour jouer les aristocrates auprès de ses invités !

Un descendant du Chat du Shah : j'avoue que certains jours la légende me monte à la tête... jusqu'à ce qu'à la fin je me prenne moi-même pour le Shah des Chats ! Quelquefois je me surprends à rêver que je siège, tel mon aïeul sur son trône, au sommet des jardins suspendus de son palais, et je me vois toiser alors tous mes congénères en contrebas... Je suis bien obligé de reconnaître que je me laisse trop facilement emporter dans mes rêveries... mais pas davantage que bien des personnes qui se pâment au salon de coiffure en y dévorant les photos de reines et de princesses de magazines ! Elles y font aussi le tour du monde, tout en se faisant shampouiner ! Passant des plus vieilles dynasties aux monarchies les plus improbables... du Swaziland au Sultanat de Brunei, elles tournent fébrilement les pages, se rêvant ici la vahiné des îles Samoa et là, de devenir la Princesse d'Andorre, titre obligé de l'épouse du coprince, le Président de la France !

Pour revenir à mes origines des plus orientales, j'aurais une piquante fable à vous relater... Je la tiens de mon grand-père qui la tiendrait lui-même de sa mère qui, selon lui, l'entendit à la Cour du Shah ! Ma fable traite de deux humains guère recommandables que l'on dit avoir croisés jadis au royaume de mes aïeux... Comme cette histoire est brève, je me permets de vous la raconter incontinent :

SHAH MAT

Par une journée caniculaire, deux notables du royaume décidèrent de se mesurer l'un à l'autre lors d'une partie d'échecs : celle-ci devait prendre place dans un jardin qui délimitait leurs riches propriétés... C'était un jardin fraîchement ombragé par trois arbres aux frondaisons généreuses. Les deux hommes qui s'y posèrent ne s'appréciaient guère, c'est peu dire, mais ils convinrent que s'affronter lors d'une partie d'échecs restait largement préférable à en venir aux mains... S'ils partageaient un trait de caractère, ce ne pouvait être que la suffisance, puisque chacun se croyait plus pugnace et plus futé que l'autre ! Ils s'accordèrent également sur le fait que chacun dût s'asseoir face à la bâtisse de son adversaire, de sorte que chacun pût rêver que son rival crèverait de jalousie d'avoir sous ses yeux les décorations tapageuses et toutes de stuc...

Le premier d'entre eux, on ne pouvait le qualifier que d'oisif ! Jamais on ne le vit travailler, ni même faire commerce : il arborait des tenues exubérantes, se contentant de vivre de ses fort lointaines acquisitions. Fort lointaines puisqu'il n'eut point à se procurer aucune de ses terres, ni aucun de ses trésors : il ne jouissait en fait que de l'héritage d'aïeux divers et variés après leurs décès successifs ! Ses revenus consistaient donc essentiellement en de nombreux fermages tirés de cet héritage.

Le second, quant à lui, se targuait de ne devoir sa fortune qu'à son intelligence et son talent. Ce qu'il qualifiait d'intelligence, à vrai dire, n'était rien d'autre que sa prétention à étendre ses relations, relations qu'il entretenait par ses attentions obséquieuses au possible. Quand on côtoyait les princes de la cité, on ne manquait jamais de se faire approcher par cet impertinent : on devait alors supporter jusqu'à satiété ses cadeaux si encombrants, des cadeaux tous enrobés de ses interminables commentaires mielleux. Mais les gens aiment tant à se laisser bercer... et donc la flatterie accrut lentement mais sûrement sa fortune ! Qu'ils sont rares sur cette pauvre Terre les hommes qui ne confondent pas la fausse bienveillance d'un sourire avec la bonté d'âme...

Sans ajouter mot, les deux rivaux s'assirent, chacun sur son tapis, avant que de tirer au dé lequel des deux devait avancer les blancs. La partie d'échecs pouvait donc commencer et ce fut au rentier d'avancer de deux cases son pion blanc, immédiatement bloqué par le pion noir qui lui faisait face. Et tandis que la reine blanche parcourut sa diagonale, le rentier se permit de rétorquer au flatteur qu'il ne donnait pas cher de sa dame, non sans allusion à son épouse… Aussitôt, sans répondre à de telles provocations, notre flatteur sortit son cavalier… avant que le fou adverse ne bougeât à son tour. Très sûr de lui, c'est-à-dire de son intelligence, le flatteur se crut alors offensif en déplaçant son deuxième cavalier sous le regard sarcastique de son concurrent qui s'apprêtait déjà à jouer sa dame blanche…

Le rentier crut donc infliger le coup de grâce à son adversaire aussi prétentieux que lui quand, soudain, le plateau qui reposait à même le sol se mit à tressaillir. Les tours tremblèrent aussitôt puis les deux rois disposés sur l'échiquier roulèrent à terre avant que toutes les autres pièces ne finissent en vrac et sans que l'on pût se souvenir où elles furent disposées… Ce séisme mit en colère les deux joueurs car aucun d'entre eux ne put s'attribuer la paternité du coup de grâce final. Mais coup de grâce du destin il y eut puisque, se retournant aussitôt, ils tressaillirent à leur tour, médusés qu'ils étaient de voir leurs propres demeures trembler tout autant que leur échiquier !

Les deux palais, aussi fiers et hautains que leurs maîtres, s'effondrèrent alors comme de vulgaires châteaux de cartes sous le vent : le séisme décida donc de la fin de la partie et comme chacun n'avait aucun autre palais, on n'entendit plus que lamentations. Aucun des deux compères ne récolta finalement le fruit de son orgueil : chacun se crut roi et chaque roi fut déchu ! *Shah mat* ! Ainsi se termina la malicieuse partie d'échecs.

Grâce à pareilles histoires que l'on me conta dans mon enfance de chaton, j'appris donc très tôt à me méfier des hommes et j'évitai de tomber dans leurs nombreux travers comme ceux que je vous relatai à l'instant ! Faire preuve de tempérance, sans prétention ni même fausse modestie, voilà ce que je continue d'apprendre chaque jour... Et c'est ce qui me permet aujourd'hui même de descendre enfin de mon piédestal jusqu'à vous ! Quitter un peu le théâtre de mon château pour revenir au réel, cela m'est indispensable pour ne pas voir mes chevilles enfler sous toutes les flatteries que l'on m'adresse parfois...

Les humains — y compris mon maître, dois-je vous avouer ! — se délectent de se mettre en scène dans leur quotidien : à force de regarder ces fictions grotesques sur leur satané téléviseur, ils bavardent futilement sans cesse de maquiller le monde à leur façon, pour le rendre plus conforme à leurs yeux et, surtout... plus indulgent à leur égard. Il est bien sûr flatteur d'être choyé comme un prince, ce qui est mon cas, mais l'heure est venue pour moi de redescendre jusqu'au plancher des vaches et, pour ce faire, il me faut grimper sur ce muret, dernier obstacle à mon expédition nocturne, avant de m'évader du parc de ce fantasque château de contes de fée !

Certes je savoure les croquettes et les plats cuisinés que l'on m'offre au château, mais un bon carpaccio de gibier frais tout droit sorti des herbes folles ne se refuse pas ! Souvent mon maître se figure que je n'apprécie pas à sa juste valeur la nourriture qu'il me propose. J'avoue non sans rougir que je sais le mener en bateau... Mon assiette est-elle pleine que je la boude aussitôt sous son regard stupéfait : je l'entends par la suite se plaindre que je dénigre sa cuisine ! Même lorsqu'il m'ajoute crème, viande de bœuf, œufs crus, œufs cuits... je boude !

Vous devriez le voir se démener dans tous les sens puis chercher au réfrigérateur de quoi rassasier le chat capricieux que je suis : l'astuce étant de faire de son maître rien de moins que son domestique ! Celui-ci secoue-t-il le sac à croquettes qu'il verse devant moi afin que j'en goûte deux ou trois, je miaule alors, tout en faisant le mécontent ! Enfin réapparaît-il un morceau de poulet en main… j'en croque un bout et je délaisse la suite… Aussi, une fois déguerpi, non sans se désoler de mes incessantes tergiversations, me laisse-t-il enfin seul et je suis alors assuré de me faire un festin de tous les restes que je refusai auparavant !

Cependant ne croyez pas que je veuille dévoiler aussi vite toute l'étendue de mon jardin secret ! Car *pecho sin secreto es carta avierta*, comme l'écrivit jadis certain homme de la Cour d'Espagne ! Je laisserai donc mon pedigree au placard, prêt que je suis à retrouver la plèbe féline ! Mais qu'entends-je au loin ? Il semble que ces buissons soient comme habités ce soir… Je veux en avoir le cœur net. Si je sautais dans cette haie… Personne ! Ah, je comprends mieux à présent que j'aperçois une ombre remuer dans le pré des voisins. Il faut donc que je continue ma filature à pas de velours jusque dans les herbages…

Diable ! Qui peut bien vouloir se promener dans ce pré en même temps que moi ?

2
Un chat noir

LECHAT : C'est bien la même question que je me pose !

BALTHAZAR : Mais, je ne me trompe pas ! N'es-tu pas ce chat noir que je croisai la semaine dernière ?

LECHAT : Tu en doutes ? Moi je te reconnais bien… Tu t'es donc décidé à me retrouver !

BALTHAZAR : Si l'on peut dire les choses ainsi. Quel nom portes-tu ? Si cela ne te dérange pas de me le dévoiler…

LECHAT : Mon nom ? Eh bien… Lechat !

BALTHAZAR : « Le chat ! » Ce n'est pas moi qui te contredirai puisque je ne doute pas un seul instant que je me trouve face à un chat !

LECHAT : Ça, pour être un chat, on ne fait pas plus chat que moi ! Mais tu n'en trouveras pas deux dans ces buissons qui se font appeler Lechat ! Je te le garantis !

BALTHAZAR : Mais personne ne t'a donc attribué ne serait-ce qu'un sobriquet, vraiment ?

LECHAT : Sobriquet ! En voilà, un drôle de nom ! Un autre nom, tu veux dire ? Ha ! Cela ne risque pas de me tomber dessus… Car jamais je ne me laisse échauder par quelque humain que ce soit dans les parages !

BALTHAZAR : Un chat noir au pelage si reluisant ! Un

chat noir aussi élégant que toi ! J'en suis franchement désolé…

LECHAT : Oh ! Tu n'as pas à l'être… Non, je ne tiens pas vraiment à traîner au milieu des humains, tu peux me croire ! À quoi bon alimenter encore la superstition qu'ils entretiennent envers les chats de tout poil noir ! Aux inconscients de se frotter contre les jambes de ces illuminés… Tu me traiteras de poltron, mais sans hésitation je laisse les chouettes se faire clouer aux portes à ma place !

BALTHAZAR : J'en conclus que tu n'as aucun foyer à toi pour t'y reposer ! Pour moi, qui m'appelle Balthazar, je peux t'assurer que je ne regrette que rarement le confort que m'apportent mes hôtes. Pardonne mon point de vue, mais je n'envie pas ton nomadisme car à mes yeux cette façon de vivre ne doit pas être des plus aisées !

LECHAT : Sans doute… mais tu pourras témoigner que tu as en face de toi un chat qui aura toujours vécu libre… libre depuis le jour de sa naissance ! Tous ces prés et ces bois sont comme à moi et, tu en douteras peut-être, j'y campe régulièrement sans rechigner… Car la campagne, crois-moi, est vraiment foisonnante : j'y ai connu bien des fermes et parmi-celles-ci de bien plus riches et équipées que les citadins comme toi pourraient l'imaginer… Et je peux t'assurer que dormir dans les étables, c'est parfois le top du confort !

BALTHAZAR : J'avoue que j'aurais bien du mal à délaisser mon coussin si douillet dans le petit château si coquet de mon maître, lui qui est si attentionné à mon égard… Quitter mon château pour une simple botte de paille, cela ne me sied guère !

LECHAT : À chacun sa destinée, mon cher ! Nous ne sommes donc pas de la même trempe ! Mais tu admettras tout de même qu'à notre mort nous finirons pareils l'un à l'autre !

BALTHAZAR : J'acquiesce à ta conclusion, cela va sans dire !

LECHAT : Pour l'illustrer, je te raconterais bien un conte de mon cru qui montre toute la vanité qu'ont les humains à vouloir comparer la valeur de leurs existences. Mais seulement si l'envie te prend de l'entendre…

BALTHAZAR : J'écouterai volontiers ton histoire. Commence donc aussitôt !

LECHAT : Pour toi, j'intitulerai ce conte :

LE JEUNE MISÉRABLE ET LE RICHE CENTENAIRE

Imagine-toi un jour d'automne, froid et pluvieux, comme c'est si souvent le cas en cette saison. Donc en ce jour, on vit mourir dans la même bourgade et un jeune homme fort pauvre, et un vieux centenaire qui vécut quant à lui toute sa vie dans l'opulence. Le premier eut une enfance misérable durant laquelle jamais il ne reçut la moindre affection de personne, et surtout pas de la part de ses parents qui très vite le chassèrent de chez eux. Sans aucun soutien, on le vit alors errer dans les rues du quartier, dormant la nuit tantôt sous un appentis, tantôt sous des cartons ; durant cette âpre existence, il ne tarda pas à tomber sous le fléau de l'alcool ; ivre comme à son habitude, il vagabondait seul quand il ne devait pas subir les rixes imposées par les jeunes désœuvrés de son âge, souvent haineux à son égard quand ils le croisaient. Ce fut une vieille dame, de passage dans la rue, qui découvrit son corps inanimé ce matin-là mais l'évènement n'émut alors personne ; pas même les gendarmes qui ne prirent aucunement la peine d'enquêter sur les raisons de sa mort. Et donc sa mort passa presque inaperçue.

À deux pas de cette rue se trouvait la plus belle demeure du quartier. Cette vaste bâtisse trônant au milieu d'immenses parcs et jardins abritait le centenaire qui connut confort et bonheur jusqu'à ce jour funeste où lui aussi quitta ce monde. Longtemps il savoura les festins en compagnie de son épouse ainsi que de sa nombreuse descendance. Et, tous le reconnaissent aujourd'hui, rien ne ternit son existence désormais achevée.

Le lendemain, le croque-mort de la petite ville comprit donc qu'une dure journée se préparait pour lui : deux macchabées à enterrer, cela n'arrivait quand même pas tous les jours ! Quand la date de l'enterrement des deux hommes fut fixée, il se réjouit cependant des éventuels pourboires qu'il pourrait récolter. Mais quand la veuve du vieillard lui fit la confidence qu'elle souhaitait insérer dans le cercueil de son mari une cassette contenant tout un trésor, notre croque-mort se réjouit de plus belle… Car la veuve sans doute trop naïve lui avoua que cette cassette contenait un ciboire et un collier auquel un crucifix était serti ; tout cet ensemble était, bien sûr, constitué d'or massif : elle tenait à ce que ce trésor reposât à jamais au côté de son mari défunt pour témoigner de son inébranlable piété !

Le jour des deux enterrements arriva et il y eut foule pour pleurer, ou feindre de pleurer, le vieillard derrière un mouchoir ! De plus, bien des années auparavant, on avait pris la peine d'édifier à l'avance un tombeau monumental, tout en marbre sculpté, pour recueillir le gisant — de marbre aussi, cela va de soi ! — qui recueillerait lui-même le cercueil du centenaire qu'on enterrerait bien sûr avec sa précieuse cassette... Tout ce marbre s'accumulait donc à la façon des poupées russes au centre du cimetière ! Chacun de ceux qui accompagnèrent une dernière fois le vieillard put admirer l'admirable dernière demeure, si haute qu'elle surplombait fièrement le fleuve qui bordait le cimetière. Tout comme elle surplombait aussi les autres tombes sculptées, guère plus modestes ; elle avait donc été conçue pour qu'on n'oubliât pas qui fut l'homme le plus riche de ce pays ! Les défunts du voisinage se seraient retournés dans leurs tombes s'ils avaient su qu'un nouveau mausolée dominerait les leurs !

Juste au flanc de cette tombe hautaine se trouvait le carré des indigents, l'endroit destiné à notre jeune misérable qui devait se faire enterrer aussitôt après que la foule pleurant le centenaire se dispersa. Notre croque-mort ne trouva donc personne pour aider à l'ensevelir... Il pouvait le maudire, ce jeune, de le faire suer autant sans pourboire ni remerciement ! Mais il tenait sa revanche... ayant pris soin, bien avant l'arrivée de la foule, d'inverser les deux chariots où reposaient les deux cercueils, des cercueils qui d'apparence extérieure semblaient en tout point identiques... Car il comptait bien déterrer la nuit suivante le bon cercueil à ses yeux, à savoir celui qu'il enterra dans le carré des indigents... seul cercueil qui contint la cassette ! Aucun de ces badauds venus enterrer leur notable ne se douta donc que leurs prières ne s'adressaient en fait qu'au jeune pouilleux. Et jamais ce misérable ne se serait figuré de son vivant qu'il se ferait enterrer sous une montagne dégoulinant de marbre !

La nuit suivante, le croque-mort se tenait prêt à commettre son méfait dans le cimetière jusqu'à l'arrivée inattendue des deux petits-fils du centenaire... Il dut donc se cacher au plus vite et attendit patiemment que chacun de ces deux intrus quittât les lieux ! Que nenni ! Ils ne quittèrent pas le grandiose mausolée, car ils étaient au courant tout autant que lui de l'existence de la cassette ! Avec un dessein similaire en tête, à savoir déterrer leur propre grand-père ! C'est alors qu'ils fracassèrent à la lueur d'une bougie la grille puis le marbre puis le bois du cercueil ! Ils semblaient bien agités, fébrilement avides de s'emparer de l'héritage secret ! Mais une fois le modeste cercueil ouvert sous la gigantesque sépulture, nulle cassette, bien sûr, n'apparut à leurs yeux ! La colère des deux jeunes gens, rongés par leur cupidité, éclata en plein cimetière au risque de réveiller tout le quartier. Sous les cris des chouettes effrayées, ils durent, sans la moindre récompense pour leurs efforts fournis, refermer comme ils purent le mausolée et se résigner à rebrousser chemin.... jusqu'à croiser notre croque-mort !

La suspicion gagna bien évidemment les deux jeunes hommes qui ne se privèrent pas d'interroger le croque-mort. Celui-ci, ne pouvant s'empêcher de bafouiller, se devait de leur inventer une fable en toute hâte ! Il leur fit donc croire qu'il avait cru entendre du bruit et qu'il préféra venir faire un tour au cimetière pour s'assurer qu'aucun brigand ne s'y réfugia. Pas convaincus pour un sou par ce mensonge, les deux énergumènes persuadèrent immédiatement notre croque-mort de se laisser accompagner jusqu'à son domicile, non sans vérifier, en le frôlant durant le parcours, qu'aucun ciboire ni aucun collier ne se trouva dans les poches de son veston... Le croque-mort, se sentant rassuré de ne pas être pris pour un voleur, se promit toutefois de revenir au cimetière le soir suivant, comme on pouvait s'en douter !

Le lendemain matin, il eut la désagréable surprise de recroiser ses deux gêneurs ; ceux-ci lui lancèrent alors un regard plein de rancœur qui trahissait que ceux-ci le soupçonnaient d'être bel et bien le responsable de la disparition de leur or... Mais dès que midi sonna, un terrible orage advint qui ravagea tout le pays après l'avoir noyé sous des trombes d'eau. Ce fut à cette occasion que se produisit l'immense glissement de terrain qui remua le cimetière tout entier sens dessus dessous, tout particulièrement le carré des indigents qui au crépuscule, une fois l'accalmie revenue, devint méconnaissable ! Le croque-mort, inquiet, se précipita sur les lieux avant de crier à son tour sa rage car il ne lui fut plus possible de retrouver le cercueil tant convoité au milieu de cette fosse commune totalement mise à bas ! Celle-ci se trouvait tellement dévastée que la terre dévalait jusque dans le fleuve : le croque-mort en resta sidéré. La nuit qui suivit, il dut donc renoncer de dépit à déterrer le cercueil tant convoité dont lui seul connaissait auparavant l'emplacement !

Le surlendemain arriva ; des enfants jouaient au bord du fleuve avant de s'exclamer à haute voix par des cris bien insolites, tout surpris qu'ils étaient de voir le cercueil de notre centenaire lentement barboter sur les flots avant de prendre le large ! Quand il apprit la nouvelle que répandit très vite la rumeur du quartier, le croque-mort s'effondra à terre ! De même les deux petits-fils qui le surveillaient de près comprirent ce qu'il advint...

Ainsi aucun de ces trois hommes si peu recommandables ne fut récompensé par l'avidité ! Chacun dut prolonger ses jours en maugréant contre le destin ! Quant aux deux défunts, l'un disparut sur les océans et l'autre sous terre ! Et qu'importe leur existence passée, qu'elle fût riche, heureuse et longue ou le contraire... Tous deux quittèrent ce monde sans connaître à l'avance leur dernière demeure !

BALTHAZAR : Ce fut un régal pour moi de m'être fait conter cette curieuse histoire de profanateurs de tombes, mon cher Lechat ! Le temps aura bien effacé la gloire comme la déchéance de leurs passés respectifs.

LECHAT : Les humains se mentent souvent à eux-mêmes jusqu'à s'y complaire... Ils croient qu'après leur mort le monde entier conservera un souvenir éternel de leur gloire : tous se prennent franchement pour des Pharaons qui survivraient à leur propre mort ! Tu connais le cimetière du quartier...

BALTHAZAR : Je connais son emplacement mais je n'y ai encore jamais mis les pattes...

LECHAT : Tu rates quelque chose ! Au cimetière, c'est une véritable course aux armements ! C'est à celui qui construira le mausolée le plus tapageur !

BALTHAZAR : Mais la morale de ton histoire, mon cher Lechat, c'est qu'on se rêve sous un mausolée, regretté de tous, et c'est devant son misérable voisin méprisé de son vivant que les proches finalement se prosternent ! Le sort est souvent ironique... Et cela n'est pas sans nous rappeler notre condition de simple mortel ! Préoccupation moins spirituelle, me répondras-tu... figure-toi que la soif me gagne !

LECHAT : Moi également : connais-tu le jardin derrière ces trois arbres sur notre gauche ? Nous pourrons nous y désaltérer sans problème. C'est la place où être, pour nous les chats, car les chats y sont mieux estimés que partout ailleurs dans ce coin ! Chaque matin, la famille qui y réside nous laisse devant sa porte une écuelle pleine de lait en signe de sympathie pour notre fratrie. Je te propose de nous y rendre à l'instant même : comme cela, tu t'y désaltéreras !

BALTHAZAR : Mais autant que je me souvienne... N'y a-t-il point de chiens lézardant tout autour de cette maison ? Lors de mes dernières escapades, les aboiements derrière la grille ne m'ont guère encouragé à en poursuivre l'exploration... Je trouve l'idée de nous rendre dans ces parages plutôt périlleuse !

LECHAT : Carpe diem ! Je sais, quant à moi, apprécier mon écuelle de lait, surtout les jours où je ne réussis à capturer qu'un misérable campagnol après toute une nuit de chasse... Bois donc !

BALTHAZAR : *Bois et oublie que le poing de la Douleur te renversera bientôt ! Tu reviendras bientôt à la terre !* comme dirait mon compatriote de poète...

LECHAT : Sauf que nous devons déguerpir au plus vite... Regarde qui bondit sur nous ! Fuyons, crois-moi !

BALTHAZAR : Un chien errant ! Grands dieux ! Changeons vite de ruelle !

LECHAT : Viens par ici ! Je connais le quartier comme ma poche, fais-moi confiance !

BALTHAZAR : Je ne puis plus courir... Un portail ! Mais n'est-ce pas la propriété que tu me décrivais à l'instant ?

LECHAT : Bien sûr ! Et quelle aubaine ! Voici le portail automatique qui s'ouvre pour laisser sortir la voiture ! Dans quelques secondes le portail se refermera...

BALTHAZAR : Mais ce molosse va nous suivre !

LECHAT : Je l'espère bien… Quand nous entrerons tous les trois dans la propriété, ce cabot se retrouvera enfermé dans le domaine tandis que nous deux… nous pourrons nous enfuir à travers les claires-voies du portail ; nous regagnerons ensuite la rue sans problème !

BALTHAZAR : Il nous rejoint déjà !

LECHAT : N'aie aucune crainte ! Nous voici à l'intérieur du parc : fais-le courir quelques secondes devant la maison le temps que le portail se referme… C'est bon ! L'imbécile est dans le parc. Il restera prisonnier derrière la grille… À nous de sauter de l'autre côté !

BALTHAZAR : Bravo, mon cher Lechat ! Nous revoici dans la rue ! Continue donc, pauvre brute, à aboyer derrière la grille ! Il ne te reste plus qu'à prévenir quelqu'un d'autre que nous pour te libérer de cette geôle. Tu peux être sûr que nous te laisserons tranquille toute la nuit dans ce jardin où tu t'es toi-même enfermé ! Patience !

LECHAT : Il est enfermé dans le jardin, certes ! Mais tout est relatif ! Je me sens moi-même comme enfermé dehors, figure-toi ! Car ce soir j'enrage d'offrir à cette brute l'écuelle de mon lait favori… Quand ce n'est pas une assiette de viande que je perds !

BALTHAZAR : Un chat qui ne connaît aucune frontière comme toi ! J'aurais pensé que tu passerais ton chemin pour explorer d'autres terrains de chasse !

LECHAT : C'est que ce cabot va y trouver bonne pitance… Pour lui c'est la prison dorée d'un soir ! Il mangera à sa faim et nous, nous sommes en quelque sorte comme enfermés de l'autre côté où il n'y a rien de bien copieux à manger ! Dis-moi alors où se trouve la liberté ! Hors de cette grille où l'on ne peut chasser qu'un ou deux misérables campagnols ou dans ce petit domaine où l'on ne risque pas la faim !

BALTHAZAR : Il me semble que les humains ont déjà traité de la relativité des faits et des choses, mais à propos d'une caverne, source d'incompréhension entre ceux qui l'habiteraient et ceux qui resteraient au dehors… À propos d'histoires étranges, toi qui m'en contas une, connais-tu l'histoire de la maison en flammes dont on recherchait le maître ?

LECHAT : Il me semble que j'en ai entendu parler mais il y a bien longtemps…

BALTHAZAR : Crois-tu que revendiquer cette maison en flammes ait un quelconque sens ?

LECHAT : Si elle est en flammes… Ce que je te dirais, c'est qu'il en va des chats comme des hommes : au nom de leur fumeux amour-propre, nombreux se satisfont d'être propriétaires d'un lieu qui finit par ne plus exister !

BALTHAZAR : Pour moi qui jouis d'un chaleureux logis, s'il venait à disparaître, je continuerais tout de même à m'en réclamer, car j'y suis trop attaché, ne serait-ce qu'en souvenir du passé.

LECHAT : Sur ce point, nous n'avons assurément pas la même conception de la vie.

BALTHAZAR : Et si nous demandions notre avis au chat qui habite la maison sur ta droite… On le dit chat fort savant ! Personnellement je ne l'ai jamais rencontré car il ne sort jamais de sa maison…

LECHAT : Il existe donc des chats qui ne se mouillent pas sous la pluie !

BALTHAZAR : Peut-être as-tu raison à son propos mais il serait un érudit de sagesse… C'est en tout cas la réputation que tout le quartier lui fait, du peu de rumeurs qui parvinrent à mes oreilles par le passé !

LECHAT : Je suis sceptique sur ce point. Je t'avouerais qu'en général les gens dont on dit qu'ils savent tout croient eux-mêmes tout savoir et ne savent souvent rien…

BALTHAZAR : Ne soyons pas défaitistes, tentons de le rencontrer ! Le débat n'en sera que plus passionnant !

LECHAT : Je te l'accorde ! Saute comme moi sur le rebord de la fenêtre de sa maison ! Regarde ! Elle est ouverte…

BALTHAZAR : Je te rejoins. Le distingues-tu à l'intérieur ?

LECHAT : C'est que le troisième larron dort ! Ne jamais se fatiguer, ça doit être fatigant à la longue. Il doit dormir nuit et jour !

BALTHAZAR : Cesse donc de feuler pire qu'un tigre, tu vas le réveiller !

LECHAT : Il faudra pourtant bien le réveiller si on veut qu'il nous écoute !

BALTHAZAR : Certes, c'est vrai ! Mais agissons tout de même avec délicatesse !

3

Le chat le plus bouddhiste du Monde

MAHAYANA : Qui donc trouble mon sommeil ?

BALTHAZAR : Pardonne-nous pour le dérangement, je m'appelle Balthazar et voici mon compagnon de route de ce jour, il se nomme Lechat... Pour étoffer notre conversation et répondre à certaines de nos interrogations, nous sommes venus te rendre visite, à toi que nous savons si sage !

MAHAYANA : Soit ! Mahayana prendra le temps de vous écouter...

LECHAT : Mahayana ? Tu dois venir d'un pays lointain pour porter un tel nom !

MAHAYANA : Sache que mon nom atteste que je suis en personne le Grand Véhicule qui interrompra l'interminable cycle des réincarnations de la souffrance pour tous les chats qui me feront confiance et me suivront ! Je suis en effet le stade ultime de la Vie, la Neuvième Vie du Chat ! le Bonheur modèle félin !

LECHAT : La modestie passe donc après le bonheur...

MAHAYANA : Je feindrai d'ignorer cette pique, jeune chat ! Écoute et regarde-moi... Qui ai la chance de vivre chez l'homme le plus bouddhiste du Monde, Albrecht se nomme-t-il ! Comme moi, il dort presque toute la journée quand il ne se nourrit pas de mets aussi délicats que les miens ; il ne se soucie point de partager sa couche avec quiconque sinon avec votre serviteur ci-présent. Sa seule activité physique est le hatha-yoga qui le rapproche chaque jour de la félicité ; et j'imite ses postures comme je peux, couché sur mon coussin... notre couple est un véritable message aux humains comme aux chats ! Lui a renoncé au travail ainsi qu'à tout gain d'argent ; quant à moi, j'ai renoncé à tout superflu... Aussi ai-je enfin banni de mes passe-temps la chasse aux souris, cette grande source de frustration pour vous, vous qui sans doute poursuivez encore et toujours les rongeurs... Mais les rongeurs, qu'on se le tienne pour dit, ne vous conduiront en fin de compte qu'à l'épuisement !

BALTHAZAR : Tout le monde n'a pas la chance d'être aussi bien nourri que toi. Pour bien des chats moins charnus, la souris s'avère parfois un appoint nécessaire...

MAHAYANA : Je devine votre œil moqueur ! J'ai certes forci... Je ne suis pas comme tous ces chats rôdeurs ni comme tous ces humains férus de jogging... Tous courent vainement en croyant pouvoir repousser leurs limites, tous sont obsédés par cette chimère qu'est la performance. Mais combien parmi tous nos congénères qui osent s'aventurer dans ce quartier se font chaque jour écraser par les voitures... quand ils ne reçoivent pas un coup de pelle sur la tête dans les jardins avoisinants !

LECHAT : Tu exagères, Mahayana ! Les jardins ne sont pas des cimetières à chat ! Si tu disais vrai, je serais mort né, moi qui n'ai vécu qu'au vert ! Le monde extérieur, tu ne sembles pas vraiment le connaître...

MAHAYANA : Certes ces bas-fonds me sont inconnus mais j'aurai pénétré l'essentiel de cet univers, à savoir la plénitude et la sérénité de mon logis dans mes méditations comme dans mon sommeil !

BALTHAZAR : Tu me fais penser au dragon teuton qu'on appelait Fafner. Lui-même ne pensait qu'à dormir, couché sur son tas d'or qu'il ne voulait plus quitter... Prends bien garde comme lui qu'un intrépide ne vienne piller un jour le trésor qu'est ton auguste demeure. Mais, sans vouloir gaspiller davantage ton temps, venons-en au problème que nous nous posions, moi et Lechat, avant de venir à toi ! Cette question est le motif de notre visite car, bien que tu puisses en douter, nous reconnaissons ta sagesse et sommes curieux de la réponse que tu nous apporteras... Voici donc l'histoire qui servira de préambule à notre question :

LA CHAUMIÈRE EN FLAMMES

Il était une fois deux chats : le premier, un chat persan tout comme moi, entreprit son escapade nocturne à travers les bois. Il s'y aventura sans crainte jusqu'à ce qu'il aperçût une colonne de fumée qui dominait la forêt. Alors il s'approcha de cette épaisse et mystérieuse fumée puis parvint à une clairière où se trouvait une chaumière : celle-ci était bel et bien en proie aux flammes. Comme il n'y avait pas un chat qui en sortît, il se dit à voix haute : « Cette maison n'a pas de maître ! » Mais tout à coup un chat noir, tel notre Lechat, jaillit des buissons. Dès qu'il apparut dans cette clairière, celui-ci sans tarder s'adressa à notre chat persan :

« Je suis le maître de cette chaumière en feu !

Surpris, le chat persan s'écria :

— Excusez de si peu... mais rien ne me prouve que vous soyez le maître de cette demeure puisque je ne vous vois même pas en sortir à l'instant !

Chicaneur, le chat noir lui répondit :

— Si vous doutez avec si peu de sûreté de mon titre, c'est que vous vous demandez à qui cette chaumière appartient… et si vous vous posez cette question, c'est que cette chaumière n'est point la vôtre ! De ce fait, inutile de vous récrier quand je vous annonce en être le maître !

Non sans obstination, le chat persan rétorqua aussitôt :

— Je pourrais bien également m'en réclamer le maître puisque je me trouvais devant, tandis que vous vous égariez dans les bois !

— Je vous répondrais que je connaissais cette chaumière bien avant vous ! L'antériorité de ma découverte fait donc de moi le maître de cette maison et de vous un étranger !

— Sauf votre respect, rien ne me dit qu'un troisième chaton n'y vécut pas avant notre arrivée !

— Ou bien cette maison qui dépérit sous nos yeux n'aura pas eu de maître ou bien aura-t-elle appartenu au plus fort de nous deux ! proclama notre chat noir qui prenait un ton menaçant tout en sortant ses griffes.

— Votre immodestie ne vous rend pas digne de vous réclamer de cette maison en flammes. Et même si dans un instant elle ne sera plus que cendres, je veux bien redresser les torts de notre espèce en disputant votre titre ! » À la suite de ces invectives, les deux chats décidèrent de se battre.

La question que nous nous posions est donc : qui soutenir dans cette joute ? Le chat persan ou le… Oh ! Mais que vois-je ! Tu dors, Mahayana !

MAHAYANA : Bien sûr que je dormais ! Mais tout en dormant j'écoutais votre récit ! Et je peux désormais vous en révéler la solution après l'Éveil que je viens de vivre à travers le songe... Voici la clef de votre problème : la chaumière est le vrai maître de ces chats !

LECHAT : Ai-je bien entendu ? Une maison qui est un maître ! De vulgaires murs qui soumettraient des chats ?

MAHAYANA : Exactement ! La chaumière est le maître du chat noir car il s'en croit lui-même le maître : il ne peut en effet se résoudre à la quitter voire, pire, à la délaisser pour qu'un autre chat la possède ! Enfin, cette maison est aussi le maître du chat persan car s'il se défend quant à lui d'y pénétrer, d'autant plus qu'elle est en feu, il ne peut réprimer son désir de l'accaparer en l'absence d'un propriétaire, ne serait-ce qu'en y pensant. De plus il se figure être le défenseur du droit à la propriété de cette chaumière. Il n'a donc pas non plus vaincu son désir et donc il ne peut nullement prétendre à l'Éveil suprême à cet instant ! Aussi ces chats doivent-ils renoncer tous deux à se réclamer de cette chaumière s'ils veulent éviter la souffrance physique du combat et s'ils souhaitent approcher l'Éveil un jour !

BALTHAZAR : Sache que ton interprétation m'aura convaincu. Cette fable pourrait bien d'ailleurs s'appliquer à l'Homme. Car si nous, les chats, sommes farouchement attachés à notre territoire, les humains sont davantage encore obsédés par la volonté de s'accaparer les choses comme les êtres... Les hommes ne semblent vouloir vivre qu'en possédant et en comptant ! Qui, combien de conquêtes amoureuses, qui, combien de chevaux vapeur pour sa cylindrée... Sans parler de marques et de symboles ridicules que les humains s'achètent au prix fort on ne sait pourquoi ! Ils ne semblent pouvoir exister que par des semblants de reconnaissance sociale !

LECHAT : Même en rase campagne, on trouve des terrains autrefois sauvages qu'on a transformés en jardins de résidences secondaires pour citadins, je pourrais vous en citer à la pelle ! Tous ces citadins, une fois qu'ils ont mis le grappin dessus, les défendent jalousement en faisant miroiter à leur entourage qu'ils les achètent pour y retrouver le Paradis perdu ! Mais ces humains n'apprécieraient même pas un vulgaire feu de camp ! Ils dédaignent trop la gratuité des choses simples et c'est pourquoi camper leur ferait craindre de ressembler à des vagabonds... Et donc ils préfèrent investir leur fortune en achetant ces parcelles et les faire inscrire au cadastre ; puis, auprès de leurs proches, ils se présentent fièrement comme les propriétaires de cette campagne tandis qu'ils n'y passent de leur temps qu'un jour ou deux par été : cela leur suffit pour se sentir importants aux yeux des autres citadins devant qui ils se prennent pour les rois des pâturages !

MAHAYANA : Vous critiquez les humains mais à mes yeux vous n'êtes pas plus tirés d'affaire ! Car vous voyez la paille dans l'œil des humains mais ne voyez pas la poutre dans le vôtre... Continuez de chasser ! Continuez de baguenauder ! Continuez de vous battre entre vous pour défendre vos insipides terrains de chasse... et vous resterez misérables !

BALTHAZAR : Tu nous perçois donc comme les chats de ma fable ! Des esclaves d'une maison en flammes !

MAHAYANA : Certes...

LECHAT : Sans doute me trouveras-tu trivial mais je serais bien le dernier des chats à me battre pour une maison en feu ! Je reste un chat pragmatique !

MAHAYANA : Il te reste à devenir un chat dialectique !

BALTHAZAR : Inutile de faire preuve de condescendance en prenant un sourire narquois... Nous n'avons certes ni ton aisance ni ta culture et c'est bien pour cela que nous t'écoutons. Quant à moi, très modestement je conclus que chacun de vous a raison. Cette maison n'est plus, d'une part, et il me paraît bien vaniteux d'accorder sa propriété posthume à un chat pour la seule raison qu'il en eût foulé le sol avant les autres ! Ce genre de tradition arbitraire a quelque chose de grotesque !

MAHAYANA : Pour apaiser chacun, je crois pouvoir admettre que ce soir vous avez fait un pas de plus vers la sagesse. Ne vous reste plus qu'à renoncer à la chasse aux souris...

LECHAT : Ça, jamais de la vie ! Moi, je n'ai pas de maître ayant assez d'argent sous le matelas pour me le permettre ! Car je ne suis pas de bonne famille...

MAHAYANA : Dans une autre vie, sans doute, vivrez-vous également sous un toit comme le mien ! Le cycle des réincarnations continue donc, hélas, pour vous !

LECHAT : Je souhaite que ton maître ne connaisse pas la banqueroute ! Car je crains que dans ce cas tu n'aies plus qu'à chasser le rat en attendant la vie suivante qu'on t'espère alors meilleure pour retrouver ton nirvana ! Sur ce, bon sommeil et bonne chance !

BALTHAZAR : Nous te quittons donc pour notre jardin, non sans te remercier pour tout le temps que tu nous as consacré. Bonne nuit à toi !

4
ZAC

LECHAT : Regarde qui s'est emparé de notre jardin en notre absence ! Si ce n'est pas un drôle, celui-là ! Il a le poil tout ébouriffé ! Je me demande bien d'où il sort...

ZAC : De tout un quartier, figurez-vous ! Un quartier entier que j'arpente seul... Il m'appartient presque et sans que je n'appartienne à personne !

LECHAT : Donc à toi non plus aucun humain n'a donné de nom ?

ZAC : De nom donné par les hommes, ma foi non, je n'en ai pas... et je n'en souhaite pas d'ailleurs ! Mais vous pouvez toujours m'appeler Zac !

BALTHAZAR : Ton surnom me paraît bien familier, j'ose à peine te dire que je le trouve presque vulgaire ! Je m'en excuse...

LECHAT : Tu t'excuses donc toi-même maintenant ?

BALTHAZAR : « Je m'en excuse » reste français, tu m'excuseras, Lechat ! Mais poursuis donc, Zac ! D'où vient donc ton nom ?

ZAC : L'origine de mon nom est en fait très simple ! Comme j'erre dans la ZAC, j'aime à me faire appeler Zac !

LECHAT : Qu'est-ce donc que ce mot ridicule ?

ZAC : Vous n'êtes donc pas familiarisés avec les acronymes. Car, oui, c'est un acronyme ! Les humains les plus technocrates se plaisent à utiliser cette abréviation qui signifie « Zone d'Activité Commerciale », rien de moins ! À ne pas confondre avec les « Zones d'Aménagement Concerté » qui sont encore d'autres ZAC que je n'ai pas l'honneur de connaître ! Ma ZAC est de la première catégorie et si vous prenez le temps de m'écouter, je vous ferai bien des confidences à propos de ce territoire dont je ne suis pas peu fier... Un véritable royaume ! Des ZAC comme la mienne, elles sont innombrables... Elles se ressemblent toutes dans ce pays... Mais, de celle-ci, j'en suis le véritable souverain. Je vous laisse conquérir toutes les autres zones si cela vous botte ! Laissez-moi donc vous tenter par mon aventure !

BALTHAZAR : J'ignorais l'existence de si grands domaines ! Il me tarde de savoir à quoi ressemblent tes fameuses ZAC.

ZAC : Elles sont toutes conçues de la même façon : chacune est encastrée entre quatre autoroutes. Au milieu, des cubes à perte de vue ! Tous recouverts de tôle ondulée qui leur donne cette formidable patine grisée... et qui ne se différencient les uns des autres que par une simple enseigne rectangulaire où est inscrite la marque du cube ! Tous ces cubes sont reliés à chaque autoroute par de multiples bretelles goudronnées qui permettent l'acheminement des humains... Ceux-ci se pressent de s'y engouffrer, comme je le constate moi-même tous les jours.

Devant chacun de ces blocs on trouve systématiquement une plate-bande de gazon et un parking goudronné afin que les humains y garent leur automobile personnelle. Et vous retrouvez ces carrés d'herbe et ces parkings dans toutes les ZAC de France, de Navarre et d'ailleurs… avec toujours, en guise de sapin de Noël, un pauvre et frêle platane confiné dans son cercle d'acier, sorte d'anneau gastrique malicieusement conçu pour interdire à l'arbre de prendre ses aises et d'empiéter sur le trottoir.

Votre promenade y est aussi jonchée de hauts panneaux publicitaires avec des photos et des slogans rivalisant de niaiserie et de laideur, ce qui constitue pour moi un divertissement de plus. Imaginez-vous que mon territoire est tout de même aussi vaste que les domaines de dix châteaux réunis ! C'est donc dans ce cadre si bucolique que je règne avec grâce !

LECHAT : En ce qui concerne la taille de ton territoire, ou tu es un veinard, ou tu es un vantard ! Remarque, ma campagne à moi n'a guère à souffrir en surface ! Mais quand tu nous décris le contenu de pareils endroits, on se demande tout de même bien comment on peut y trouver son bonheur !

BALTHAZAR : Moi aussi, j'avoue préférer le jardin de mon petit château et ses arbres vieux, amples et majestueux…Mais si quelques petits carrés de verdure te suffisent, tant mieux pour toi !

ZAC : Hormis l'odeur permanente des pots d'échappement, j'ai moi aussi grâce à mon platane ma part d'ombre et ma dose de chlorophylle !

LECHAT : Mais, dans pareil manège, au milieu de toutes ces voitures, n'est-ce pas dangereux pour toi que d'y flâner ?

ZAC : Aucunement, figurez-vous ! Comme la foule s'y empresse chaque jour, il s'y produit une ruée telle que les voitures se collent systématiquement les unes aux autres et que la circulation se trouve totalement bloquée. Vous n'imaginez pas à quel point les humains sont nombreux à se ruiner en babioles et à se précipiter vers leur échoppe favorite pour y dévorer leur hamburger ! La ZAC se transforme alors en un gigantesque embouteillage qui dure des heures et ceci presque tous les jours. Du coup, vous réalisez à quel point il m'est facile de traverser ces nombreuses quatre-voies !

M'y déplacer m'est bien plus simple qu'au temps où, jeune chaton, je devais traverser la rue de mon village d'enfance... Il y avait beaucoup moins de trafic en campagne, certes, mais les quelques automobilistes du village s'avéraient tous de véritables chauffards : tellement fiers de se prouver qu'ils ne perdraient jamais de la vie leurs réflexes, ils conduisaient sans cesse à tombeau ouvert ! Jusqu'aux jours où leurs prodigieux réflexes les abandonnèrent l'un après l'autre...

LECHAT : Juste à propos, j'ai une excellente histoire à vous raconter sur les automobilistes : cette aventure m'est arrivée il y a un mois dans un village à quelques kilomètres d'ici. Trop de fois les automobilistes appuient sur le champignon à la vue de mon passage, croyant pouvoir m'aplatir comme une crêpe ! Exaspéré par les nombreux chauffards qui œuvrent sur les routes de campagne, comme Zac l'a été dans sa jeunesse, je méditais ma vengeance... Il me suffit de me placer à un endroit stratégique, un tronçon de la route en travaux... Je renversai alors le panneau triangulaire signalisant les travaux après avoir remarqué qu'au milieu du tronçon se trouvait un profond nid de poule… Je m'empressai bien sûr de le recouvrir d'un carton qui traînait au bord de la chaussée. Puis j'attendis ma proie…

Ce fut une berline blanche, une Classe A de chez Mercedes. Comme on pouvait s'y attendre, dès que j'apparus sur la chaussée, elle accéléra, sans empathie aucune à mon égard, prenant le risque de s'envoler du tarmac ! Et comme vous pouvez vous en douter, elle ne prit point son envol… Sitôt que la roue avant droite parvint à rouler jusqu'à mon bout de carton, elle s'enfonça dans le nid de poule et j'entendis alors un énorme bruit de casse : la suspension lâcha et la voiture s'immobilisa quelques mètres plus loin : sa jante droite littéralement arrachée gisait sur le macadam ! Je n'eus plus qu'à grimper sur une branche pour savourer l'évènement… Le conducteur, un quadragénaire patibulaire au possible, explosa de colère, jurant même de nettoyer plus tard sa Mercedes avec ma pauvre peau de chat ! Inutile de vous dire que je ne ressentis aucun remords après mon exploit !

BALTHAZAR : Les humains ne sont pas tous amateurs de chats, loin s'en faut ! Ou bien alors pour de funestes raisons…

ZAC : Vous comprenez ma prudence quand j'aborde mes innombrables cubes en tôle où grouillent tous ces humains ! La frénésie d'achat ne les rend pas plus amicaux… Mielleux ils semblent à bien des moments mais c'est pour mieux vous trahir et si vous tombez sur quelque sadique malpropre, vous êtes faits !

Toutefois, comme ce sont surtout des citadins pressés de dévorer leurs calories chimiques et de faire leurs emplettes, vous ne les croisez guère longtemps. Dès qu'ils se sont transformés en mascottes de leur marque préférée de vêtements, ils se jettent immédiatement dans leurs véhicules : vous ne les croisez donc que furtivement, trop angoissés qu'ils sont de se retrouver dans la verdure ! Souvent, non sans les narguer, je les observe en fin de journée, pare-chocs contre pare-chocs… Ils ont tous hâte de rentrer dans leurs appartements… des cubes encore, mais blancs cette fois-ci ! les uns sur les autres… Ce sont les immeubles des banlieues de la cité où ils vivent ! Mais, quand tous ont quitté les lieux, ma zone commerciale se désactive enfin ! Et donc, à la tombée de la nuit, seul votre Zac profite de ces espaces redevenus déserts !

BALTHAZAR : Ta ZAC me paraît tout de même irrespirable ; comment peut-on dormir dans un tel endroit ?

ZAC : Aucun souci ! Il vous suffit de vous rendre dans l'hôtel trois étoiles de la ZAC !

LECHAT : Impossible !

ZAC : Si je vous le dis ! Cet hôtel tout confort se trouve dans la ZAC même, au bord d'une autoroute !

BALTHAZAR : Pouvait-on trouver alcôve plus romantique pour y dormir ? Un coucher de soleil sur la glissière de l'autoroute, quel merveilleux souvenir cela nous ferait ! Avec le bruit de la circulation en prime !

ZAC : Les fenêtres des chambres possèdent le double vitrage, figurez-vous ! Par conséquent, quand on y dort, on n'y est aucunement gêné par le trafic.

LECHAT : Donc, si tu nous en parles, c'est que tu les as déjà visitées !

ZAC : Bien sûr ! Et je vous dirai comment ! C'est un hôtel d'une chaîne internationale dont la plupart des clients sont des cadres de passage. Parfois s'y ajoutent quelques touristes égarés qui n'ont pas su trouver l'emplacement idéal pour leurs excursions ! Cet hôtel, en tout cas, regorge de chambres en quantité astronomique et je puis vous assurer qu'elles se ressemblent toutes !

LECHAT : Toutes ! Tu les as donc toutes testées ?

ZAC : Cela va de soi ! Rien de plus facile… Il vous suffit de profiter de la matinée pour vous faufiler dans les couloirs par la porte de derrière. Les agents de ménage la laissent ouverte avant de préparer les chambres pour les clients du soir suivant. De plus, quand ils s'attèlent au ménage d'une chambre, ils laissent la porte de celle-ci grande ouverte pour mieux aérer les lieux. Vous n'avez de ce fait plus qu'à attendre le moment propice où ils pénètrent dans la salle de bains de la chambre dont ils s'occupent, et, hop ! vous la traversez sur le champ avant de vous précipiter immédiatement sous le lit, ni vu, ni connu ! et n'avez donc plus qu'à patienter, le temps que ces braves gens terminent leur travail de nettoyage et referment la porte derrière vous ! Alors… à vous seuls la chambre trois étoiles !

LECHAT : Mais tu te retrouves alors bel et bien enfermé ! Des séjours trois étoiles de cette sorte, ce n'est pas ma tasse de lait ! Je ne suis pas claustrophobe mais, la privation de liberté, je n'aime pas ça, crois-moi !

ZAC : Pourtant il n'y a vraiment pas de quoi s'inquiéter… Vous êtes assurés d'y être chez vous toute une journée avant que le prochain client se profile le soir suivant ! Une fois fini votre somme dans l'après midi, vous attendez pareillement que le nouvel hôte entrouvre la porte et qu'il tâtonne contre le mur à l'intérieur de la chambre pour y insérer la carte qui lui allume toutes les lumières ; vous vous glissez alors aussitôt entre ses jambes pour regagner le couloir et descendre les escaliers. Puis, vous attendez que les portes automatiques du hall d'accueil s'ouvrent à vous comme à un prince ! Et vous voilà dehors en pleine liberté, prêts pour vos nouvelles pérégrinations nocturnes !

BALTHAZAR : Je te félicite pour toutes ces astuces ! Mais ces chambres sont-elles réellement confortables pour un chat ? Peux-tu brièvement nous en décrire l'ameublement ? Cela aiguise ma curiosité.

ZAC : Oh moi, dans ces chambres, je ne vous ferai l'éloge que du lit qui y trône ! Certes la nuit y coûte cher à ses hôtes humains mais je peux vous dire que la société qui gère ces hôtels ne se ruine ni en architecture ni en design ! Contre des chevilles au mur sont accoudés de vulgaires rayonnages, tous en bois aggloméré, sorte de bouillie vaguement solide, une recette habituelle d'une franchise suédoise à ce que l'on raconte... Pour faire office de palais oriental, chaque chambre possède à l'identique une moquette monochrome en guise de tapis, un ramasse-poussière, je vous jure ! Et elle grouille — tenez-vous le pour dit ! — d'autant d'acariens qu'un crottin de chèvre en collectionne sur lui ! Quant aux salles de bains, elles sont toutes dotées de WC et d'une douche à l'italienne mais je ne m'y engouffre que rarement car je crains la douche froide comme vous pouvez vous en douter. Seul me suffit le lavabo où le goutte-à-goutte du robinet me désaltère de temps à autre.

Le plus ébouriffant à mes yeux reste quand même toute la technologie de ces chambres soi-disant de luxe...

Les humains paient cher, je vous le disais à l'instant, les bricoles que je veux vous décrire, vous n'imaginez pas… le téléphone pour contacter l'accueil de la maison ; la sacro-sainte télévision bien sûr et ses innombrables émissions vulgaires et semblables ! Mais il faut y ajouter le boîtier TNT pour obtenir d'autres canaux avec les mêmes émissions bien sûr. Le décodeur de la parabole, pour recevoir d'autres chaînes de télévision comme s'il en manquait. Un lecteur DVD sans qu'aucun film n'y soit à disposition. Le module du wifi pour que les humains ne se sentent pas déconnectés de leur monde ! Et même un amplificateur 4G pour améliorer la connexion de leur téléphone portable !

LECHAT : Mais tous ces humains viennent-ils dans ces hôtels pour y dormir, pour regarder des films ou pour y téléphoner ? Ce n'est pas un hôtel mais un cinéma 3D ! On se demande quelle nouvelle fanfreluche les hommes vont bientôt nous inventer !

ZAC : À ceci ajoutez que chacun de ces gadgets possède sa propre lumière LED qui clignote en permanence : la LED rouge de la télé, la LED bleue du module wifi, la LED verte du boîtier TNT… Avec toutes ces lumières, la nuit doit rappeler aux clients leurs anciennes soirées passées en discothèque ! Sans doute ont-ils peur du noir et ne veulent-ils pas s'endormir en se coupant du monde connecté !

Or advienne la moindre panne sur un seul de ces appareils, vous pouvez être certains que le client s'en ira descendre à l'accueil pour y hurler de rage et de désespoir. L'être humain se sent tout de suite désemparé quand le premier signe de faiblesse apparaît sur sa 4G, son wifi ou sa TNT ! Il paierait volontiers le double du prix de sa chambre pour voir sa vitesse de connexion augmenter d'un misérable octet par seconde ! Voilà pourquoi ces hôtels sont classés trois étoiles...

Mais à moi, me suffit la couette ! Et si toutes ces chambres sont uniformisées, il n'en est pas de même pour la lessive et l'assouplissant que les salariés de l'hôtel utilisent. Tantôt je dors dans un parfum de lavande, tantôt dans un parfum de rose ! C'est bien la seule note changeante que j'aie trouvée au fil des jours dans cet établissement ! Je collectionne donc les parfums comme le font les dames du grand monde ! Maintenant vous comprenez à quel point, moi, simple chat errant, je suis gâté par la Providence... Un grand lit king size à soi, c'est un bonheur que peu de quadrupèdes ont la chance de connaître durant leur existence !

BALTHAZAR : On peut donc y dormir sur ses deux oreilles, le descriptif final m'aura séduit ! Mais, dans cette ZAC, trouves-tu à te nourrir correctement ?

ZAC : Si vous tenez à le savoir, je vous répondrai que je n'y ai que l'embarras du choix ! Côté sud, vous avez le drive-in d'une célèbre chaîne de fast-food : à partir de cet endroit vous n'avez plus qu'à longer la route goudronnée... car elle est jonchée des emballages en polystyrène que jettent les automobilistes de leur fenêtre en roulant ! Et bien souvent il y reste un copieux morceau de hamburger ! Je profite donc de ce gâchis sur l'asphalte !

Au cœur de ma zone se trouve également une conserverie : on y emboîte les saucisses et haricots pour conditionner le cassoulet de supermarché. Évidemment, je ne raffole pas des haricots... Quant aux saucisses, à vrai dire, je n'en raffole guère, non plus, car ce ne sont pas là salaisons de montagne... C'est lorsque ma pêche aux hamburgers échoue que je me contente de cette restauration de bas étage !

Mais au nord se trouvent deux autres boutiques de restauration : l'une d'une chaîne (comme toujours !) où l'on vous sert au choix du bœuf ou du bison, l'autre d'une chaîne (encore !) où l'on vous propose des sushis... Deux endroits où l'on mange tout de même meilleure pitance que les hamburgers et cassoulets que je viens de vous évoquer. Malheureusement, les employés y sont de véritables cerbères ! Sans doute ont-ils des animaux de compagnie à nourrir le soir chez eux car ils ne laissent que peu de restes dans les poubelles du dehors ! Mais quand vous avez la chance de tomber sur une bouchée de steak de bison si ce n'est des poissons crus voire des crevettes à dégager des sushis... c'est un régal sans nom, je vous le jure !

Pourtant j'ai mieux à vous proposer pour vous rassasier... le magasin de surgelés de la zone ! C'est un...

BALTHAZAR : Désolé de t'interrompre, mon cher Zac ! Et pardonne mon impolitesse car un invité se joint soudainement à nous ! Tu comprendras que nous nous devons de l'accueillir. Nous aurons tout le loisir de t'entendre plus tard nous raconter les nombreux joyaux que cache ton magasin de surgelés ! Mes amis, apprêtez-vous à jouer en quatuor !

LECHAT : Notre nouveau comparse semble en tout cas plutôt léger ! Il en faudrait deux comme lui pour parvenir au poids d'un seul d'entre nous ! Mais son poil a l'air bien lustré !

ZAC : À qui le dis-tu ! Chut ! Il s'approche ! Ne faisons point les médisants !

BALTHAZAR : Vous me faites rire. Il ne doit pas être aussi naïf que vous le croyez. S'il vient à nous, c'est qu'il a sans doute de quoi médire... Sois le bienvenu parmi nous, quel est donc ton nom ?

CHE : Mon nom ? On m'appelle Che, à bon entendeur !

ZAC : Che ! C'est aussi facile à retenir que mon ZAC de nom !

CHE : Che comme Che Guevara... Je suis le chat de Marie-José. Et croyez-moi, je vais faire des jaloux, elle me choie autant que son idole disparue dans la jungle !

LECHAT : Être traité comme la réincarnation d'un pareil rebelle, cela ne doit pas être facile à porter tous les jours...

CHE : Parfois, en effet, je vous le concède. Mais vous ignorez les nombreux avantages...

BALTHAZAR : Alors raconte-nous tout ! Vu ton brillant pelage, nous sommes très curieux de connaître les mœurs de ta Marie-José ainsi que ton quotidien.

5

Un chat bio, light et de gauche

CHE : Puisque je vous vois saliver d'envie d'en savoir davantage, mes chers matous, vous aurez donc droit à ce que je vous raconte toute ma vie ! La vie du chat de Marie-José Chabrol, celle que ses proches surnomment MJC... Si cela peut vous plaire, c'est sous ce sobriquet que je vous parlerai d'elle. Vous n'êtes pas à un sigle près à ce que je sache ! MJC, pour ne pas la nommer, est une frétillante quinquagénaire de petite taille, les cheveux bruns et bouclés, en pantalon serré car jamais vous ne la verrez en jupe ; très fière de son célibat, jouer les aguicheuses n'aura jamais été de son âge... Cependant, dès qu'un invité paraît, elle se met alors à minauder face à lui, comme vous et moi miaulons ! Mais qu'aucun mâle humain ne s'y trompe... elle aura tôt fait de le rabrouer au moindre signe de familiarité. Les expansifs n'ont qu'à bien se tenir ! Quant à moi, je peux vous assurer que j'ai presque été un mari pour elle. Chaque matin, après être rentré chez elle par la chatière, je la retrouve debout, son bol de goji à la main...

BALTHAZAR : GOJI ! Est-ce encore un acronyme ?

LECHAT : Une nouvelle drogue mise au point par les humains, à mon avis !

CHE : Non, vous n'y êtes pas ! C'est une tisane exotique, figurez-vous ! Une tisane venue des plateaux les plus reculés du Tibet ! Vous saurez que chez elle tout est affaire d'hygiène et de santé. MJC ne veut consommer que des produits qui feront d'elle une centenaire ; elle m'enterrera, je vous jure, même si elle devient folle ! En tout cas, jamais elle ne céderait ce pur joyau de l'Himalaya pour un café... le café, pensez-vous ! Cette infusion bourrée de pesticides ! Les pesticides que les multinationales nous inoculent à nous, les pestiférés des temps modernes ! C'est ce qu'elle me répète chaque jour car elle reste persuadée, sans doute à tort, de l'innocuité de son infusion de goji... Mais moi je m'en moque bien... tant qu'on me laisse continuer de savourer les restes de ma pâtée bio de la veille ! Bref, une fois sa tisane terminée et mon petit déjeuner englouti, elle s'assoit comme à son habitude dans son fauteuil en cuir avant que je ne saute sur ses genoux pour me faire caresser. Et j'en profite opportunément, croyez-moi !

Puis elle parcourt les écrits, tantôt de Léon Trotski, tantôt de Rosa Luxemburg, quand ce n'est pas le jour de parution de son périodique syndical qu'elle attend avec impatience. Enfin, quand elle a ce fameux journal en main, elle se met à vitupérer, à chaque ligne qu'elle lit, contre les traîtres kautskistes, des parvenus qui selon elle, comme selon d'autres, se sont érigés à la tête de l'État au nom de la gauche. Aussi en dehors du travail passe-t-elle ses journées dans son fauteuil à préparer l'imminente Révolution qui ne cesse de gronder depuis le jour où, encore chaton, je m'installai chez elle.

C'est une femme solitaire et quand on sonne à sa porte, elle ne se sent alors obligée de recevoir dans son logis que d'ardents militants dignes de la Cause. Triés sur le volet, en voie de disparition, je dois vous l'avouer, vu le faible nombre d'invités ces dernières années, ils se doivent tous de montrer patte blanche à la Pasionaria du beau faubourg. Et rien ne voudra la faire basculer à droite, pas même Alzheimer !

Tenez ! Pas plus tard qu'hier matin, aspirant du bout des lèvres sa tisane habituelle, elle se leva pour ouvrir la porte d'entrée juste après que la sonnette retentit. Une fois son bol de goji posé sur le guéridon, elle fit entrer son visiteur. C'était un jeune trentenaire qui la salua sans l'embrasser, cela va sans dire ! Sitôt entré dans le salon, il lui adressa un petit paquet qui s'avéra, selon ses propres dires, un énième livre anticapitaliste traitant de la Taxe Tobin et de la Décroissance.

« Comment ! s'écria-t-elle offusquée. Un emballage Amazon !

— Il m'a suffi d'un clic pour le commander et je l'ai reçu ce matin même ! lui répondit alors le jeune homme tout d'abord enthousiaste avant que de se sentir gêné. Tu verras, MJC, c'est un livre très instructif...

— Tu n'as donc jamais entendu parler des conditions abominables d'exploitation des employés dans cette multinationale !

— Il faut vivre avec son temps, MJC !

— Ça non ! Le Grand Soir arrive, jeune homme... Il ne faut pas céder aux sirènes de son temps !

— Vous prenez bien l'avion ! lui rétorqua-t-il alors agacé.

— Comment ? Moi qui me rends chaque année à Cuba, quand ce n'est pas en Bolivie ou en Argentine, à la rencontre de vrais militants, tous dans le feu même de la Révolution. C'est incomparable. Prendre l'avion pour ces destinations, c'est un ressourcement ! C'est notre combat et c'est pour la bonne cause.

— La commande de ce livre aussi, c'est pour la bonne cause, MJC !

— Cela ne se discute pas. Enfin, cessons la dispute. Un goji ?

— Plutôt un café si ça ne te dérange pas.

— Je n'en ai point.

— Alors un goji ! »

Les voyages en Amérique Latine, je peux vous en parler. Tandis que MJC s'extasie en pèlerinages sur les terres qui ont vu naître, vivre et mourir le grand Révolutionnaire dont je porte le nom, je me retrouve alors bien seul… simplement nourri par sa pingre de voisine qui ne trouve rien de mieux que de m'acheter de vulgaires croquettes salées au supermarché discount de l'autre côté de la ville.

ZAC : Tu ne t'es que trop habitué à la nourriture bio, en gourmet gâté que tu es !

CHE : Certes ! Vivre frugalement, c'est franchement difficile quand on est habitué au raffinement, je vous le confesse ! Toujours est-il que je respire quand, une fois revenue de ses croisades, MJC revient à moi toute pimpante et toute bronzée. Mon régime sec tire alors à sa fin et je peux alors chasser de ma mémoire son abjecte voisine… jusqu'au pèlerinage suivant ! Mais, et je ne l'avoue qu'à vous ! je me venge la nuit venue quand l'envie me prend soudainement de renverser les pots de fleurs sur les rebords de fenêtre de mon infâme marâtre.

BALTHAZAR : En dehors de ses pérégrinations, ne quitte-t-elle donc jamais sa maison ?

CHE : Si, tout de même ! Les jours ouvrés de la semaine… et je dois attendre jusqu'au soir ma nouvelle pâtée bio… C'est le boucher bio de notre quartier qui la prépare expressément pour moi ! Et quel délice et à quel prix ! Vous ne sauriez imaginer !

ZAC : Ta maîtresse fréquente donc ces rayons où l'on mélange à peu près toutes les nourritures spéciales... Je les ai déjà parcourus dans l'un des supermarchés de ma zone, on y mélange de tout... le bio, le sans-gluten, le local et le light ! De sorte que lorsque l'on en retire au hasard un article, on se retrouve parfois avec un pâté bio bien gras produit en Chine, ou bien un gâteau allégé d'on ne sait où mais gorgé de pesticides ou alors une purée de pommes de terre du coin chargée en margarine !

CHE : Ce n'est pas un problème pour nous, Zac ! Ma maîtresse a tôt fait de vérifier le nombre de calories et la provenance de nos produits bio. Même après son travail, elle sait faire preuve de précautions pour faire les courses !

LECHAT : Il ne vous reste donc que les dimanches et les jours de grève à passer ensemble !

CHE : Les jours de grève ? Que nenni ! Jamais elle ne resterait chez elle un jour de grève ! La culpabilité la dévorerait ! Tôt alors elle se lève comme pour un jour ordinaire de travail et s'empresse de ressortir sa vieille banderole « À bas le Capital ! » avant de filer au plus vite à la manifestation syndicale du jour ! La Révolution n'attend point, se plaît-elle à répéter avant que de s'y rendre... Mais si MJC vous intéresse tant, je peux vous rapporter la conversation téléphonique qu'elle eut un soir du mois dernier avec l'un de ses amis syndicalistes, cela devrait vous distraire quelque peu...

BALTHAZAR : Raconte ! Je me lèche les babines à m'entendre conter les prêches de cette Savonarole de gauche... Et, à ce que je vois à son sourire, ce n'est pas Zac qui me contredira !

CHE : J'espère que vous vous régalerez… Ce soir-là, je m'étirais au coin du feu de la cheminée quand le téléphone sonna. Aussitôt MJC décrocha :

« Cher Jean-Pierre, oui, c'est moi, MJC. Bien rentré alors ? Tu as vu comme on l'a menée, cette manif. Ce ne sont pas ces tiédasses de socialo-centristes qu'on aura le plus entendu crier mais on a l'habitude… Bien sûr… Au moins, nous, on nous entend ! Nous sommes au dessus de la mêlée de tous ces hypocrites, ces petits arrivistes qui viennent à la manif du jour en se disant de gauche, avant de postuler le lendemain pour un poste honorifique et de nous *manadger* tous en jouant les DRH ! La peste soit d'eux ! Nous, on garde la tête haute ! Notre ligne, on ne la variera pas d'un iota ! No pasarán !

Et quand on est passés dans le quartier HLM, as-tu vu tous ces fachos, affalés à leur fenêtre, les bras croisés : ce sont eux qui votent facho, Jean-Pierre ! Aucune éducation… tu les vois boire leur canette de bière industrielle comme des veaux qui tètent leur lait en poudre ! Y a rien à en faire, de ces gens-là. Ils sont perdus pour notre cause, pires que les bourgeois, je te dis ! Des feignasses… comme les bourges ! Et leurs gosses mal élevés dont on ne tirera rien… À la baguette, Jean-Pierre, c'est ce qu'il leur faut !

Puis juste avant qu'on se soit retrouvés sur l'estrade, au meeting final, as-tu vu ce jeune fat ! Sais-tu qu'il m'a proposé une barre chocolatée, encore un truc ignoble bourré de maïs transgénique. On n'a pas idée ! C'est mauvais pour ta ligne et prends garde au cholestérol, jeune homme ! lui ai-je aussitôt répondu… Qu'ils sont naïfs ! La santé avant tout, Jean-Pierre ! Et qu'est-ce qu'il croyait ? Que j'allais peut-être lui réserver un siège sur l'estrade pour discutailler avec lui ? Pour moi ce n'est pas un vrai militant ! Juste un collègue sans opinion bien claire, j'allais quand même pas dégoter un siège supplémentaire sur l'estrade pour un énergumène qui reste le cul entre deux chaises. Les militantes et les militants d'abord ! Des jeunes comme lui n'ont qu'à rester dans l'arène !

Coucou ! lui ai-je fait de la main avec un sourire depuis mon siège... Lui au milieu, ils étaient serrés comme des sardines mais à son âge on peut bien rester debout ! Enfin, c'est une journée réussie comme toujours ! Nos idées perdureront, Jean-Pierre ! On ne lâchera rien ! À la prochaine manif, bien sûr ! »

Vous apprécierez la gouaille de ma MJC ! S'il est des Révolutionnaires sur terre, cela ne peut être qu'elle, elle en est elle-même persuadée.

BALTHAZAR : Miroir ! Mon beau miroir ! Dis-moi quelle est la plus à gauche !

CHE : Oh, vous savez ! Elle collectionna les paradoxes comme sans doute tous les humains, tous empêtrés qu'ils sont dans leurs contradictions ! Ils se croient omnivores mais moi je les qualifierais plutôt d'énergivores... Je m'en vais tout de suite vous conter un peu d'Histoire humaine qu'on n'entendra pas de sitôt à Cuba :

ÉNERGIVORE

Au commencement était l'Homme Préhistorique. Comme il n'avait jamais assez, craignant toujours famines et disettes durant même les jours d'abondance, il s'écarta de sa savane jusqu'à conquérir les glaciers des pôles : il y croisa tant de mammouths et d'élans qu'il les poursuivit aussitôt tous. Mais l'idée même de laisser un seul d'entre eux s'échapper le rendit malade, alors les extermina-t-il de peur de manquer par la suite ! Ensuite, comme les lions et les hyènes lui firent concurrence dans cette tâche, il les tua tous aussi à leur tour !

Quand il en eut fini et qu'il réalisa qu'il ne retrouverait jamais ni mammouths ni élans, il se décida à élever les animaux qui lui avaient survécu : il se fit donc éleveur et même agriculteur. Mais sa paresse était grande, aussi employa-t-il les bœufs à labourer ses champs. Puis il perdit l'habitude de marcher et se décida à monter les chevaux qu'il s'était accaparés. Quant aux loups, seuls concurrents lui ayant survécu, il fit des plus dociles des chiens à son service, en vue de ses parties de chasse. Ses chiens devinrent si serviles qu'ils n'hésitaient déjà plus à attaquer leurs propres frères, les derniers loups qui lui résistaient… Aussi toute bête qui resta obstinément libre fut-elle pourchassée sans répit.

Sa volonté de puissance ne s'arrêta pas là… Après qu'il eut asservi la Nature, il ne manquait plus à l'Homme qu'à s'asservir lui-même ! Et ce fut fait quand les humains les plus fourbes réduisirent leurs prochains en esclavage. Une main d'œuvre idéale pour exploiter les terres conquises sur la forêt rasée et dévaliser les richesses du sous-sol…

Mais quand ils comprirent enfin que ce sous-sol regorgeait d'une énergie bien plus grande, ils délaissèrent leurs esclaves qu'ils employèrent comme salariés. Et tous mirent alors à brûler nuit et jour pétrole et charbon… Ils enfumèrent leurs propres cités tant et si bien que le ciel s'assombrit pour de bon !

Puis il fallut par la suite que quelques savants fous découvrissent l'atome… Se moquant d'irradier voire de brûler la Terre tout entière, notre Terre à nous aussi les chats ! ils cassèrent donc l'atome pour consommer encore plus et ce qui devait advenir advint : Tchernobyl explosa et des milliers de contrées durent être abandonnées ! Et c'est ainsi que les hommes vivent aujourd'hui.

Et c'est qu'ils sont fort habiles pour décliner toute responsabilité... Dire que certains parmi nous, les chats, les croient sages et sincères... Tu parles ! Ils chantent sur tous les toits, comme nous, nous y miaulons, qu'ils viennent d'économiser deux bouteilles de plastique et trois pans de carton, mais ne vous fiez pas à ces bonimenteurs ! Dès qu'ils recyclent un misérable pot de yaourt, ils se dépêchent de l'annoncer au monde entier... avant que de produire le double de pots de yaourts le lendemain ! Une nuit, ils vous éteignent une loupiote dans une chambre par souci de l'écologie et le matin suivant ils vous achètent un climatiseur ! Ces humains sont toujours contents d'eux, prônant la décroissance un jour et fêtant le lendemain la reprise de la croissance !

Plantent-ils un arbre au milieu d'un rond-point qu'ils rasent ensuite la forêt derrière la colline ! Sauvent-ils un hanneton dans un champ qu'ils aspergent ensuite d'insecticide les champs des alentours ! Décident-ils d'interdire cet insecticide qu'ils reportent ensuite cette interdiction à une date ultérieure ! L'Homme est tellement énergivore, mes amis ! qu'il finira par épuiser le soleil jusqu'à le transformer en glaçon !

BALTHAZAR : Ta diatribe, Che, est franchement sans concession ! Je crains que nous soyons les derniers des chats à profiter de ce monde, il faut bien le dire, nous qui suivons l'exemple des humains qui nous nourrissent !

LECHAT : Oui, méfie-toi, mon pauvre Balthazar ! de toutes ces maladies que la suralimentation a occasionnées aux humains ! Moi, je fuis toute cette chimie mais je crains qu'un jour plus un seul campagnol bio ne gambade dans mes prés et que je ne suive leur sort...

BALTHAZAR : J'en ai bien peur. Mais, mon cher Che, pour revenir à ton quotidien, la Révolution a franchement de quoi te faire rire !

CHE : Je ne te le fais pas dire ! Mais quand le dogme de la Révolution retombe sur soi, on rit moins... Tenez ! Avant-hier je croisai une souris dans le salon. Comme vous vous en doutez, je ne pus résister à lui sauter dessus jusqu'au moment où j'entendis MJC pousser son cri d'orfraie. Jamais elle ne m'aurait laissé m'offrir cette petite gâterie ! L'hygiène avant tout, vous disais-je... Mais les nuits comme celle-ci, une fois traversé le Rideau de Fer de ma chatière, je ne me gêne pas, croyez-moi, pour chasser tous les campagnols du jardin : mon avidité capitaliste n'a alors, je vous le dis fièrement, plus aucune limite ! Une fois dans les herbages en pleine nuit, je ne connais plus de MJC et la laisse avec bonheur dans les bras de Morphée ! Et qu'on ne me parle pas de rationnement, ni de Gosplan ! La nuit, j'autogère chacun de mes festins ! C'est ainsi que je me retrouve parmi vous ce soir ! Car moi, le Grand Soir... c'est mon domaine ! Tout comme pour vous, j'imagine, mes chers amis !

LECHAT : Je ne te le fais pas dire ! Après un tel récit, je suis heureux de n'appartenir qu'à moi-même car je t'avouerais que je supporterais mal de me retrouver sous l'égide d'une Marie-José... De fréquenter chaque jour un parangon de la fausse simplicité, cela finirait vite par m'agacer... Je prendrais mes pattes à mon cou le temps de le dire ! Elle-même ne supporterait pas mon train de vie champêtre...

CHE : Il est toujours amusant de pouvoir exprimer à voix haute ce que l'on pense des hommes sans qu'aucun d'entre eux ne puisse s'en offusquer. Nous autres chats sommes bien au dessus de cette mêlée !

ZAC : Merci à toi, en tout cas, pour ton récit dont j'ai apprécié les coups de griffe !

CHE : Chat qui aime bien, châtie bien ! Sur ce, je vous laisse car je compte bien commettre un massacre dans le champ d'à côté. Regardez-moi ce campagnol ! Il sort de son trou ! Il est à moi ! Je le tiens entre mes deux pattes avant ! Bingo ! Ce soir, c'est Las Vegas, les amis ! À bientôt !

BALTHAZAR : Ce Che a su retourner sa veste comme bien des gauchistes, il faut bien l'avouer !

ZAC : Mais son histoire me fut aussi savoureuse et acidulée que les rollmops que parfois je goûte dans ma zone !

LECHAT : Diable ! Regardez, vous deux ! C'est peut-être pour moi l'heure de la conquête…

6
Sœur siamoise

BALTHAZAR : Chère demoiselle, je vous donne le bonsoir !

SIAMANTHA : Tiens donc ! Revoilà mes trois célibataires en quête nocturne de béguin !

LECHAT : En attente d'un béguin peut-être. Mais pour commencer, je danserais bien volontiers la biguine en ta compagnie, belle siamoise !

SIAMANTHA : Tu peux toujours faire ton pétrissage et rêver ! Tu apprendras, mon cher, que les Chats Siamois comme Siamantha ne sont pas les plus faciles à dompter. Nous autres, Siamois, avons un peu plus de caractère que vous tous, cela ne se discute pas ! Si tu penses donc m'approcher, tu ne seras pas déçu… surtout si tu désires te prendre quelques bons coups de griffe sur le museau ! Remarque… ton visage n'en serait que moins laid s'il était balafré !

ZAC : J'attendais un accueil plus chaleureux de ta part…

SIAMANTHA : La chaleur féline, je la réserve à ceux qui ne viennent pas de la zone, désolé de te le dire en face ! Donc plutôt que de vous voir minauder les trois devant moi, je vous conseille vivement de retourner prier dans votre monastère !

ZAC : Un monastère ! Quel monastère ?

SIAMANTHA : Je ne suis pas idiote ! J'ai bien vu certains d'entre vous ressortir de la demeure de ce demeuré de Mahayana, pas plus tard que ce soir !

LECHAT : Tu nous espionnes ?

SIAMANTHA : D'une certaine manière, oui. J'aime à regarder traîner les mâles de votre acabit... Simple curiosité ! Quoi de plus drôle en fait que de voir des chats traîner chez un castrat comme Mahayana !

BALTHAZAR : Pardon mais je trouve ta répartie blessante et mesquine ! Mahayana se moque certes des qualités qu'une chatte telle que toi s'attend sans doute à louer, il n'est pas moins doté d'autres qualités dont nous quatre sommes dépourvus !

SIAMANTHA : Oh moi, les philosophes étriqués de votre genre et leurs beaux discours, de première qualité comme de seconde, je m'en balance ! J'ai bien d'autres chats à fouetter ! De vrais chats et pas des chapons... Ton langage à toi est peut-être digne de la haute, mais le mien saura te jeter des vérités en pleine figure ! À commencer par celle-ci : inutile de pavaner davantage devant moi... ce n'est pas en admirant ta face plate comme une poêle à crêpes que je tomberai en pâmoison !

BALTHAZAR : Ta méchanceté, Siamantha, ne touche pas le Chat persan de lignée royale que je suis !

SIAMANTHA : De lignée royale, voyons donc ! Et de quel royaume ? Celui du caniveau ? Combien de rats doivent se prosterner à tes pieds ! Je te jalouse d'avoir de pareils sujets. Et moi bien sûr je suis la Reine d'Angleterre !

BALTHAZAR : Je ne puis en entendre davantage et n'ajouterai mot.

SIAMANTHA : Monsieur n'ajoute mot ! Soit ! Et ce chat noir qui me regarde avec ses yeux verts ! Penses-tu m'hypnotiser de cette manière ? Comment veux-tu que je sorte avec un chat comme toi ? Je ne te retrouverais même pas dans la nuit, tellement ton poil est noir !

ZAC : Tout le monde en aura pris pour son grade !

SIAMANTHA : Si tant est que vous soyez gradés ! Regardez-moi ça ! Un campagnol passe et mes trois miséreux se lèchent les babines… Vous en êtes donc réduits à ça ?

LECHAT : Tu prends tes airs hautains, appuyée sur tes pattes de derrière, en nous regardant chasser le campagnol… Mais crois-moi, le désir de te revoir s'émousse déjà ! Haret qui s'en dédit !

SIAMANTHA : Oh, tu m'en vois désolée : quelle perte ! Je cours pleurer auprès de ma maîtresse !

ZAC : Si c'est elle qui t'a éduquée, j'imagine ta maîtresse tout aussi dédaigneuse !

SIAMANTHA : Envers des chats aussi pouilleux que vous, je te le confirme ! C'est une femme sélective, autant avec les chats qu'avec les hommes ! Si le sieur n'assure pas, financièrement comme sur d'autres plans, le sieur a tôt fait de ressortir de chez nous, la queue basse ! C'est ainsi qu'elle mène sa vie !

BALTHAZAR : Je ne l'ai, pour ma part, jamais croisée.

SIAMANTHA : C'est qu'elle ne sort de chez elle que pour

son travail ou pour se détendre dans les musées de la ville. Question musées, là également elle se veut sélective… Pas de *wikimusée* pour elle sinon elle fait un esclandre à l'accueil du musée !

ZAC : *Wikimusée* ? Qu'entends-tu donc par là ?

SIAMANTHA : C'est son expression à elle pour ces nombreux musées sans intérêt qui ouvrent de partout, les uns derrière les autres, comme de véritables champignonnières : ici un musée de la poterie, là un musée de la pâtisserie, plus loin le musée de la gare et ensuite le musée de la choucroute… Tous conçus selon le même mode apparemment rentable : un guichet d'entrée où l'on attend bien sûr la monnaie, puis, trois couloirs où l'on colle dix photos plastifiées d'un passé révolu, que l'on illustre d'un vague texte souvent pompeux en guise de broderie. À chaque fois, vous croyez tomber sur une découverte inédite mais quand vous retournez chez vous et faites vos recherches sur votre ordinateur… vous découvrez alors, mais gratuitement cette fois, le même contenu avec les mêmes photos sur Wikipedia ! D'où son expression de *wikimusée* pour qualifier de pareils musées !

LECHAT : Les humains se distraient vraiment de tout…

SIAMANTHA : Et tirent de l'argent de tout, je dirais plutôt ! Car vous ne terminez jamais votre visite avant de vous trouver de force dans la boutique du musée pour pouvoir en réchapper ! Vous cherchez alors avec peine la sortie au milieu des magnets et porte-clefs, évitant tasses et pots de fleurs et écartant les tee-shirts tous sérigraphiés à l'image de la mascotte du musée ! Du shopping on n'en réchappe jamais ! Mais ma maîtresse ne veut plus fréquenter ce genre d'arnaque ; elle a le bon flair de les fuir d'avance… Elle fréquente désormais les salles d'exposition les plus réputées comme les musées dignes de ce nom, où l'on regroupe les meilleures œuvres des peintres les plus renommés de la région. Les mauvaises langues la surnomment *la poseuse* car lorsqu'elle se rend aux expositions temporaires, elle ne peut s'empêcher d'y prendre des poses, s'appuyant sur une jambe, rehaussant le menton, enfin tournant la tête sous un angle puis sous un autre… de façon à impressionner les autres visiteurs qui la prennent alors pour une érudite. Ainsi soigne-t-elle son image en tout lieu. Combien de jeunes hommes se sont illusionnés en croyant la séduire ! Mais ce n'est pas toujours le plus guindé d'entre eux qui remporte la mise, la séduction a ses secrets que ma maîtresse ne saurait révéler à tous ! Toutefois, pour les jeunes fats que vous êtes, je vous conterais bien une jolie fable à propos d'humains qui illustrera notre petite étude de mœurs…

FABLE DES PRÉTENDANTS

Un soir de fin de semaine, dans un pub à bières du centre-ville, un jeune homme plutôt timide répondant au romantique prénom de Roméo sirotait lentement son verre, tout en restant accoudé au zinc et sans dire mot. Autour de lui, beaucoup de jeunes buvaient et riaient avec excès pour fêter le début du week-end mais lui ne semblait guère vouloir se joindre à leur compagnie. Car s'il choisit cette place dans le bar, la seule raison en fut de pouvoir guetter à travers la porte vitrée les entrées des nouveaux clients… ou plus précisément d'une certaine cliente qui justement arriva après qu'il patienta plus d'une heure ! Cette cliente, habituée de ce bar, que malicieusement l'on prénommera Juliette, s'installa aussitôt devant le zinc à ses côtés pour son plus grand bonheur mais aussi pour sa plus grande angoisse : celle de risquer d'échouer dans la conquête de la fille de ses rêves...

Tout en balbutiant, il commença la discussion qui tourna autour de leur travail, puis de la musique diffusée dans le bar, enfin de leurs lectures respectives. Il semblait comme emporté dans la beauté de sa prose... Rien ne pouvait plus arrêter Roméo tandis que sa Juliette fit mine d'être subjuguée : ne souhaitant pas blesser un jeune homme qui caressait tant sa fierté de plaire, elle se retint bien de s'énerver, elle ne voulait pas lui révéler l'ennui réel qui la prenait en l'écoutant ! Jusqu'à ce qu'un autre jeune homme, un peu titubant, à l'allure négligée, fît son entrée à son tour... et celui-ci n'hésita pas à s'installer au zinc en leur compagnie ! Alors, tandis que notre Roméo s'extasiait sur ses dernières lectures, l'incongru qui répondait au prénom de Donatien lui coupa la parole pour sortir une grossièreté digne d'un carabin, ce qui ajouta une connotation quelque peu obscène à ses élucubrations...

De toute évidence ivre, il parlait aussi de plus en plus fort jusqu'à couvrir la discussion si raffinée de nos deux littéraires ! Mais Roméo qui ne voulait en aucun cas perdre la face n'osa rien lui répondre ; à peine la fille lui rétorqua courtoisement qu'elle était fatiguée et préférait discuter avec cet énergumène un autre soir. Contre leurs attentes, ce Donatien obtempéra sur le champ et, après avoir terminé son verre, tira sa révérence et regagna la rue. Une fois que l'importun disparut de sa vue, Roméo n'hésita plus à le fustiger pour sa grossièreté comme pour son irrespect. Impassible, sa Juliette se contenta de lui répondre qu'il fallait bien faire preuve de diplomatie pour ménager la chèvre et le chou ! Puis à son tour elle se leva, prétextant de nouveau la fatigue, avant que Roméo ne lui proposât de la raccompagner. Mais elle n'était jamais à court de stratagème... Une fois qu'elle lui demanda où lui rentrait et qu'elle obtint sa réponse, elle feignit de devoir se rendre dans la direction opposée comme d'être obligée de courir pour attraper un bus imaginaire...

Passèrent alors les semaines et Roméo toujours patientait au zinc du même bar le même soir du même jour de semaine... Tantôt il se retrouvait seul, tantôt sa muse refaisait apparition, auquel cas se poursuivaient leurs interminables discussions à propos de tel auteur, tel cinéaste ou tel évènement. Cette Juliette ne semblait pas aussi patiente à l'écouter que lui à l'attendre, car elle ne se gênait pas pour arriver au bar de plus en plus tard sans doute pour écourter leurs entrevues...

Réapparut alors un mois plus tard le même Donatien à la même heure, à la même place et dans le même état d'ébriété ! Et, comme auparavant, il attendit son heure pour sortir sa grossièreté : juste après que Roméo proposa d'offrir un verre à sa Juliette, le diablotin ne se gêna pas de clamer à voix haute devant eux comme devant tout le monde que proposer un verre à cette jeune fille, c'est ce que lui-même tenterait s'il souhaitait qu'elle lui fît une gâterie... Gênée selon toute apparence par tant d'obscénité, elle régla l'addition, se leva immédiatement avant de rentrer chez elle sans dire au-revoir à personne ! Irrité par la tournure des évènements, Roméo à son tour quitta la place et se morfondit de ne pas avoir couru à temps dans la rue pour rattraper l'objet de son cœur.

Quelle ne fut pas alors sa surprise quand dans la rue, quelques jours plus tard, il croisa sa Juliette dans les bras de cet infâme Donatien ! Son remords ne fit alors qu'empirer comme s'il fut marqué au fer rouge par une erreur qu'il commit mais qu'il ne percevait toujours pas. Comment, se dit-il, une fille si raffinée peut-elle accepter de se livrer à un personnage aussi abject ? Décidément ce monde vicieux le dépassait et il ne semblait pas prêt à lui crier un revanchard « À nous deux ! », tout franc et délicat qu'il était ! Mais s'il était un tant soit peu fragile, il n'était pas idiot : il réalisa donc tout de même que sa Juliette ne lui avait caché son manque d'intérêt que par politesse... et que la soif d'aventure bien souvent surpasse la pudeur des sentiments ici-bas...

BALTHAZAR : Donc Siamantha ne daignera pas s'attacher au timide et poli chat que je suis !

SIAMANTHA : C'est bien ! Au moins tu as compris l'intention de ma fable ! Mais ne va pas croire que je cèderais à tous les chats audacieux que je croise...

ZAC : Il ne suffit pas de se faire lustrer le poil et de s'en tenir aux convenances pour plaire, je le sais bien.

SIAMANTHA : La séduction a ses secrets, vous disais-je ! Moi-même j'ignore souvent pourquoi je cède à tel ou tel chat ! Ah, j'en soupire ! Qu'il est dur de tomber sur le chat de sa vie... On croit le trouver et l'on tombe de nouveau sur la copie conforme du précédent... Et tous s'avèrent aussi peu attentionnés et aussi goujats les uns que les autres !

BALTHAZAR : Le désir est impitoyable... qui fait que bien des malheureux comme nous ne désirent que ceux qui ne nous désirent pas quand bien même de plus chanceux que nous se trouvent pour partager un bonheur qui ne s'estompera jamais ! Gagner ou pas l'amour de sa vie semble une donne inéluctable dont nous ignorons les dessous. L'art de s'attacher à l'autre restera un mystère insondable, même pour un soi-disant érudit du cœur...

SIAMANTHA : Tiens donc ! Voyez qui grimpe le mur et vient vers nous ! Voilà le plus beau spécimen qui arrive ! Le chat de ma vie ! J'en pouffe de rire...

SATAN : Vous parlez à Satan, ma chère !

SIAMANTHA : Ha ! Un illuminé de plus dans ce panier de crabes ! De sûr, il ne dépareillera pas en votre compagnie ! Sur ce, je me retire... Je vous laisse donc entre pattes cassées !

7

Le chat de l'Archange Saint Michel

SATAN : Décidément, la gente féminine n'épargne guère les pauvres et vulgaires chats de gouttière comme moi !

BALTHAZAR : Elle n'a pas davantage épargné le royal chat persan que je suis, crois-moi !

ZAC : Je peux dire la même chose… Heureux que tu te joignes à nous ! Tu sembles bien aguerri. Quelque chose me dit que tu reviens d'une longue escapade. D'où viens-tu donc ?

SATAN : Vous aviez compris que je réponds au doux nom de Satan et je reviens d'une terre que les Bretons disent bretonne et les Normands normande !

LECHAT : Ton histoire me semble bien fumeuse !

SATAN : Moins que tu ne le crois ! La réponse à ma devinette n'est pas si difficile à trouver ! Puisque je vous arrive aujourd'hui d'un célèbre lieu, le Mont-Saint-Michel.

BALTHAZAR : Le Mont-Saint-Michel, ce joyau qui, selon les lunes, hésite entre terres et mers ! Quelle chance pour toi que d'avoir visité un lieu aussi majestueux !

SATAN : Je ne te le fais pas dire. Et je comptais bien en profiter grâce à l'astuce qui me vint en tête pour m'y loger après être parvenu au cœur de l'île… Pour y résider le plus longtemps possible, j'avais en effet repéré dans l'abbatiale une porte ouverte et, au-delà, un escalier qui me permit de monter jusqu'à un grenier : c'est ce grenier qui devait devenir mon repaire pour un bout de temps. Ce devait être pour moi l'occasion de prendre un peu de hauteur et je n'en demandais pas plus, une fois parvenu aux combles de l'abbaye !

Je séjournais donc au Mont-Saint-Michel depuis déjà plusieurs semaines et j'y passais du bon temps… jusqu'au jour où un intrus m'apparut… Je me trouvais alors perché sur la poutrelle de mon grenier, les yeux ahuris par cette arrivée subite… Et je regardais ce jeune illuminé qui venait de pénétrer les lieux avant d'y installer sa couche qui n'était rien qu'un misérable duvet fripé. L'écoutant parler tout seul, j'appris qu'il s'était réfugié dans ce grenier avec l'espoir d'approcher l'Archange Saint Michel en personne ! Et vous me croirez si vous voulez, mais, en s'exclamant tout seul, il jurait d'entendre notre Archange lui répondre ! Mais moi, je n'avais pas perdu la raison… Je peux vous jurer que je n'ai jamais ouï le bonhomme en cuivre qui surplombait l'abbaye m'adresser la parole, sinon me casser les oreilles à force de siffler au gré du vent !

Mais ce visiteur incongru ne se contenta pas de parler dans le vide, puisqu'il se mit en tête de monter les poutres jusqu'au balcon de la flèche ! Je dus cesser ma sieste en maugréant puis m'écarter de cet intrus… Celui-ci parvint alors au plancher de la flèche mais sous son armature à l'abri des vents et des pluies avant de se pencher hors de la balustrade, le dos tourné vers le vide et la tête tournée vers l'Archange… Et je fus forcé d'entendre tout un galimatias qui ne fit que commencer : « Me voici Saint Michel ! Je suis prêt à t'épauler dans le combat contre tous les dragons du monde ! Aspire-moi vers les cieux et je chevaucherai comme toi le cheval de la Colère de Dieu ! Emporte-moi et nous vaincrons tous les monstres de l'Enfer ! » Puis le malheureux se mit à répondre à l'une des improbables questions de l'Archange, Archange qui restait quant à lui muet comme une carpe : « Oui, je suis à tes ordres, emmène-moi ! Saint Michel, saint patron des Forces Armées de l'Air, je serai le Général de la Justice Divine qui nettoiera la terre comme la mer des machines et des créatures sataniques ! »

ZAC : Des individus pareils, dans les couloirs de mon hôtel trois étoiles… je n'en ai jamais croisé et je m'en réjouis quand j'entends des propos aussi ahurissants !

LECHAT : Quant à moi, des dérangés comme ça, je pensais en avoir suffisamment croisé à travers les travers de l'humanité ! Mais je dois avouer, Satan, que tu es tombé sur le plus insolite des spécimens !

SATAN : Le plus irritant aussi ! Car je comptais reprendre mon somme sans entendre de pareilles inepties ! C'est alors que, lassé de ces tirades insensées, je pris la décision de bondir de ma poutre et de me percher sur l'une des huit grandes gargouilles de la flèche. Sitôt posé sur cette gargouille et suspendu au dessus du vide, je le regardai tourner la tête et, dès que je lui apparus, il poussa un véritable cri d'orfraie avant de hurler à qui voulait l'entendre, c'est à dire l'univers tout entier selon lui, et selon moi personne ! ces absurdités : « Satan ! Satan ! Hors de là ! À moi, Saint Michel ! Libère-moi de Satan ! » Il m'appelait donc Satan ! Quel nom charmant pour un beau mâle comme moi, me suis-je alors dit ! Mais voyant mon interlocuteur s'agiter dans tous les sens et de crainte qu'il ne me fît choir dans le vide, je me dépêchai de redescendre l'escalier avant de miauler et de gratter à la porte du bas que cet énergumène avait dû refermer derrière lui.

Ce fut grâce à mon remue-ménage que deux infirmiers en blouse blanche m'ouvrirent la porte : ils venaient de réaliser par où passer pour de toute évidence récupérer notre ami et le ramener en lieu sûr... Il ne s'écoula que peu de temps avant que chacun ne se retrouvât dehors, sur le plancher des vaches si je puis dire ! Notre expert en élucubrations se fit sortir manu militari hors de l'église, prisonnier des bras des deux infirmiers avant que la porte de l'escalier ne se refermât pour de bon... J'avoue ne pas avoir été ravi qu'on me raccourcît mon séjour d'une façon aussi brusque. Je dus malheureusement me résigner à lever le camp et me retrouvai dehors au milieu de la foule. Soudain mon poil se hérissa quand je vis cet illuminé tenter de m'attraper, bien qu'il fût tenu par les infirmiers :

« Seul l'Archange me protégeait et il a fallu que Satan finisse par me retrouver ! se mit-il à crier en faisant tout son possible pour me jeter des coups de pied. Je suis maudit ! continua-t-il. Retourne dans tes ténèbres, Satan !

— Mais laissez ce pauvre chat tranquille, il ne vous mangera pas ! répondit l'un des infirmiers qui tentait de le rassurer.

— Vous n'avez rien compris ! C'est Satan déguisé en chat ! Il va tous nous emporter en Enfer ! répliqua le fou.

— Gentil Satan ! Viens, mon Satan, viens que je te caresse ! Miaou, on t'aime Satan ! Vous voyez bien que Satan est adorable ! » ajouta le deuxième infirmier.

Ils réussirent tout de même à contenir ce malade et j'en profitai pour déguerpir au plus vite et hélas ! quitter pour de bon mon paradis perdu. Au loin j'entendis une dernière fois ce misérable vociférer : « Satan, tu m'as livré aux impies ! Je te retrouverai bientôt, Satan, et je gagnerai cette guerre ! Et l'Archange redescendra du ciel pour te transpercer ! » Et tandis qu'on l'emmenait à l'ambulance pour l'Hôpital Psychiatrique de Pontorson, je parvins tout au bas de cette île.

Ainsi me plut-il dès ce jour qu'on m'appelât Satan.

BALTHAZAR : Soit ! Nous t'appellerons Satan ! Cela va sans dire ! Ils te doivent une fière chandelle !

ZAC : Tu as agi en véritable archange !

SATAN : Les hommes se figurent toujours être les envoyés de Dieu pour le bien de l'Univers qu'ils confondent avec leurs délires… Et quand vous leur voulez réellement du bien, ils le prennent mal : voyez les coups de pieds que m'a donnés ce fou pour me remercier ! J'avais tout de même contribué à ce que ces infirmiers l'empêchent de se précipiter dans le vide ! Franchement ce fou faillit me rendre fou à mon tour… surtout après l'avoir entendu conter son dernier délire…

LECHAT : Sur quel thème a-t-il encore halluciné ?

SATAN : Le temps !

BALTHAZAR : Le temps ?

SATAN : Les montres et les horloges, figurez-vous ! C'est que cet esprit dérangé s'imaginait que les chiffres des écrans comme les aiguilles des cadrans défilaient à une vitesse supérieure à la normale !

BALTHAZAR : N'avait-il point raison conformément à la théorie d'Einstein sur la relativité restreinte et ses effets dilatateurs sur le temps ?

SATAN : Pardonne-moi, mais je ne puis répondre à ta

question… Là, j'y perds mon latin ! Je ne peux rien faire d'autre pour te répondre que de te retranscrire ses propos :

LES MONTRES FOLLES

Regardez là-haut, le cadran de l'horloge ! Les minutes tournent presque comme des secondes. Notre mort à tous approche ! Non, je ne rêve pas… Le temps s'emballe comme s'il allait chuter jusqu'à s'écraser par terre. J'entends des voix qui me disent : « Mais non ! Mais non ! Regarde la montre de l'infirmier ! Les secondes s'y écoulent aussi lentement que sur l'horloge ! » C'est vrai ! C'est vrai ! Car cette montre aussi s'est emballée ! Ce n'est plus une seule horloge conquise par le Diable… C'est le temps lui-même qui s'est damné, le temps devenu fou !

Même les gens se mettent à courir, tellement le temps s'écoule ! « Ils courent car tu leur fais peur ! » me disent-ils. Mais je réfute… Toute cette foule ne fait que de marcher mais le temps accéléré nous fait croire qu'elle court ! « Mais nous tes infirmiers, nous sommes immobiles ! » Illusion ! Nous sommes de sûr emportés dans l'espace à mille deux cents kilomètres à l'heure, au moins ! Même l'inerte est en mouvement perpétuel ! « Qui donc t'a dit cela ? » La Physique en personne !

Encore une voix : « Mais n'aurais-tu pas abusé de substances ? » Peut-être ! Mais je ne rêve pas ! Le temps défile devant moi, mes neurones me le disent ! Et à seuls je crois !

Mon Dieu ! Le temps recule à présent ! Nous allons retourner à l'instant zéro ! « Malheureux, c'est le chronomètre de ma montre que j'ai réglé en compte-à-rebours ! » Le temps file désormais dans l'autre sens : vais-je retourner dans le ventre de ma mère ? Vais-je mourir, vais-je renaître ? Au secours ! Comment le ralentir ? « Une nouvelle piqûre freinera tout ça ! »

BALTHAZAR : Quelle étrange histoire que cette brève histoire du temps !

SATAN : De vous la raconter, j'en ai la tête qui tourne comme une horloge ! Vous comprenez qu'il était temps d'embarquer ce triste gueux direction Pontorson pour faire cesser pareil désordre !

LECHAT : En tout cas les insulaires ont dû te remercier d'avoir mis fin à ce fâcheux incident ?

SATAN : Pas le moins du monde, la preuve en est que j'ai dû longuement errer par les ruelles de cette île sans pouvoir me nourrir. Pas un rat, pensez-vous ! dans ces rues bondées d'humains. J'enrage encore d'avoir perdu mon grenier à souris ! Ce n'est qu'en contrebas que je pus déjeuner de quelques restes d'omelettes que je repérai dans une poubelle, une poubelle qui se trouvait à l'arrière de la maison de la Mère Poulard. Enfin j'arrivai tout en bas pour constater que la mer avait baissé et que je pouvais alors gambader sans problème en dehors de l'île. Je m'engageai donc à marée basse dans la vase, dévorant ici ou là les quelques derniers poissons marins qui s'y firent prisonniers avant de retrouver la chair ferme du continent… poussins, cailles et rongeurs divers ! Puis, au fil de mes pérégrinations, j'arrivai ici-même et me voici donc en votre compagnie !

BALTHAZAR : Après pareille fin, garnie de volailles et de fruits de mer, l'appétit me gagne et j'ai hâte désormais d'entendre Zac terminer son récit sur le magasin de surgelés de sa zone ! Foisonne-t-il d'autant de merveilles que le Mont-Saint-Michel ? Nous allons le savoir ! Si c'est le cas, cela sera pour nos prochaines nuits une belle alternative à notre terrain de chasse …

8
La décongélation de Zac

ZAC : Je vais enfin vous présenter mon magasin de surgelés. Celui-ci se trouve entre deux cubes de tôle ondulée et lui-même est un cube gris bien sûr ! Lorsque je viens y faire mes commissions, je m'amuse à y observer les gens qui entrent et sortent de ces deux autres bâtiments... Le premier abrite une société de consultants spécialisés dans l'import-export : beaucoup d'employés s'y agitent avec stress pour on ne sait quelle opération fumeuse. On y brasse de la paperasse à n'en plus finir et rien d'intéressant n'y attirerait un chat.

Quant à l'autre cube gris, les humains n'y pénètrent ni n'en ressortent qu'à bord de leur automobile : il s'agit d'une station conçue pour le contrôle technique des véhicules. Ayant eu l'occasion de visiter ces lieux, je peux vous assurer que vous n'y trouverez pas votre bonheur. Hormis un hall d'accueil qui ne dispose que d'une fontaine à eau et d'une machine à café, rien ne s'y trouve qui puisse vous rassasier. Pire, vous y baignez dans les vapeurs d'huile de vidange et de gaz d'échappement... Pas une souris ne pourrait y survivre ! J'ai bien failli y rester, croyez-moi, lors de mon unique visite : le contrôleur qui prend en charge ces voitures appuie tellement sur le champignon qu'il s'y dégage autant de gaz que dans un embouteillage ! C'est dans ce genre d'endroit sordide que tous ces idolâtres bichonnent leurs automobiles. Vous imaginez forcément que j'eus vite fait de fuir ce lieu abominable... Ne vous aventurez donc jamais dans cet enfer chimique, le séjour y est pire que New York et Singapour réunis !

Désormais, tôt le matin, je me rends directement dans le magasin de surgelés sans même jeter un regard vers ces odieuses usines à gaz ! Je me faufile alors le long de l'aile avant de guetter l'ouverture de la porte d'approvisionnement. Puis je me glisse discrètement à l'intérieur du bâtiment... C'est alors le Paradis glacé qui s'illumine devant moi ! Des congélateurs à perte de vue, remplis de viandes et de poissons. Et toute cette orgie de chair se retrouve figée dans son permafrost sous d'innombrables vitrages, une véritable galerie des glaces ! Mieux qu'un musée d'histoire naturelle et ses animaux empaillés. Tout ce délice est certes cloisonné dans les bacs mais heureusement pour moi arrive parfois un client qui oublie de refermer une vitre... C'est à ce moment fatidique qu'il faut agir, sauter sur le congélateur puis s'y faufiler, déchiqueter le plastique et s'emparer du morceau à chaparder...

BALTHAZAR : Cela ne doit pas arriver aussi souvent qu'on le souhaite !

ZAC : Je l'avoue ! Mais j'ai meilleure astuce pour m'emparer du butin... J'avais en effet découvert un jour le rôle primordial de l'électricité dans le fonctionnement de ce magasin et je m'inspirai de la panne de courant qui se produisit alors... Quand les congélateurs se trouvèrent à l'arrêt, quelques heures plus tard je surpris les humains qui en débarrassaient le contenu dans le bac à ordures derrière le bâtiment ! Aussitôt je mis ma nouvelle stratégie au point : mordre la prise mâle du congélateur sur lequel j'avais jeté mon dévolu jusqu'à arracher celle-ci du mur qui l'alimentait !

SATAN : Tu as osé faire cela ! Tu cours, à ce qu'il paraît, un grand danger à mordre un fil électrique !

ZAC : Rassure-toi, j'arrache délicatement la prise sans trop la mordre pour ne pas en périr ! Et quand l'opération est terminée, je patiente quelques heures, le temps qu'un client ou un employé se rende compte du dégel et qu'un de ces humains se dévoue à jeter toute la nourriture en voie d'être décongelée à l'arrière du bâtiment : je n'ai plus alors qu'à y saisir un par un entre mes crocs les paquets de viandes et de poissons puis à les entreposer à un endroit plus sûr où aucun humain ni quelque autre animal ne viendront me les dérober ! Une fois l'opération belliqueuse terminée, je me retrouve avec un mois entier de nourriture !

LECHAT : Mais pourquoi donc les hommes ne recongèlent-ils pas leur nourriture ?

ZAC : Parce que les produits se contaminent entre temps et que les contrôles d'hygiène s'y opposent... là réside le secret de ma fortune ! Que de mets délicieux et exotiques m'ont de ce fait comblé ! Ici les agneaux de Nouvelle-Zélande s'amoncelaient par gigots entiers face aux tonnes de rôtis de cerf de Sibérie tandis que, dans cette même banquise féerique, les langoustes des Caraïbes nageaient au milieu des pangas du Mékong ! Ces derniers, je les ai bien sûr goûtés mais ils s'avérèrent tout de même moins raffinés que les langoustes... Je ne saurais vous dire avec quelle nourriture suspecte on engraisse ces étranges pangas... Mon magasin est en tout cas devenu à mes yeux une véritable mine d'or comparé aux restaurants dont je vous parlai plus tôt.

Quelques rares fois j'en sortis déçu. Cela m'arriva lorsque j'y dérobai un carton de steaks pour hamburger : je vous les déconseille… Car vous n'y trouverez quasiment aucune trace de viande, les pavés en question étant gonflés d'huile de palme, de soja et de divers épaississants chimiquement douteux. Il faut aussi se méfier de leurs plats préparés car, même quand ils sont farcis de viande, ils ne regorgent souvent que de sel et d'huile, eux aussi…

LECHAT : La viande de campagnol est peut-être maigre mais elle est sans doute meilleure pour la santé que toutes tes mixtures ; que de chimie dans cette cuisine ! C'en est suspect. Et comme je dis souvent : « Pas d' crocs ! Pas d' mulot ! »

BALTHAZAR : D'avoir souvent observé mon maître, je remarquai que beaucoup de ces produits sont estampillés « light » et s'avèrent donc allégés de toute la moelle substantielle dont nous, les chats, raffolons !

ZAC : Tu as eu tort, Balthazar, de ne pas goûter au light ! Le light s'avère souvent bien plus nourrissant que ce qui n'en a pas l'étiquette ! En effet, l'industrie agroalimentaire a le droit de qualifier un produit de light dès qu'elle y abaisse le taux ou bien de sucre, ou bien de graisse. De sorte que si elle retire du sucre à sa recette, elle surajoute la graisse, et, vice-versa, si elle veut créer un produit light en enlevant du gras, elle surajoute le sucre ! Les humains sont si absurdes mais beaucoup parmi eux semblent continuer à se laisser berner…

Par conséquent, je ne fais jamais la fine bouche devant du light, surtout les jambons light que les humains paient évidemment plus chers, ils n'en sont que plus succulents pour moi et même plus caloriques que les jambons normaux !

SATAN : Quel sublime banquet que tout cela ! Dès que j'aborderai ta ZAC, je me ruerai sur tout cet amas de viande !

ZAC : Il te faudra tout de même faire preuve de patience, autant pour pénétrer dans la Caverne d'Ali Baba que pour déguster ta prise du jour… Car tous ces trésors n'en sont pas moins congelés !

SATAN : Il ne faut donc pas avoir froid aux pattes !

ZAC : Certes, mais surtout il vous faut patienter souvent toute une journée, le temps nécessaire pour que votre proie décongèle sous le soleil ! Et bien sûr veiller à ce qu'entre temps personne ne vous dérobe votre repas qui réchauffe au dehors ! De plus vous ne devez pas craindre le danger : cette chasse peut s'avérer périlleuse au risque de mourir…

BALTHAZAR : De mourir électrocuté…

ZAC : Pas seulement…

BALTHAZAR : Que risque-t-on donc de plus ? Précise-nous !

ZAC : Pour répondre à ta question, je vais à présent te raconter comment j'échappai à la mort le mois dernier : un client oublia de fermer la vitre d'un congélateur et donc, comme à mon habitude, je sautai dans le bac réfrigéré pour me servir. Bien mal m'en a pris ! Je vis ce même client faire volte face avant de refermer la vitre et je me retrouvai alors enfermé dans le congélateur, n'ayant plus qu'à me résigner à mon triste sort : finir en statue de glace au milieu des gigots !

LECHAT : Quelle horreur ! Mourir congelé !

ZAC : Ce fut l'abominable destin qui me guettait. Et le supplice perdurait à n'en plus finir. Je tremblotais de froid, coincé entre le moignon de l'agneau et les pinces des langoustes... Elles devaient bien ricaner de me voir mourir sous leurs yeux noirs et cyniques, toutes ces langoustes... et sans que je ne pusse en dévorer une seule ! Au terme d'un quart d'heure qui me parut durer toute une éternité, je vis enfin une main apparaître de l'autre côté de la vitre qui me tenait prisonnière... enfin celle-ci s'ouvrit. Là, je bondis hors du bac comme un chevreuil pourchassé et je courus au loin me cacher sous d'autres congélateurs sous les cris d'une vieille dame qui ne comprit rien à ce qui arrivait ! Ainsi échappai-je de justesse à la mort, une mort digne de celle des pionniers de l'Antarctique !

BALTHAZAR : Après pareille aventure la phobie des congélateurs ne s'est-elle point emparée de toi ?

ZAC : Non, à vrai dire, et tant mieux car je ne compte pas renoncer aussi trivialement à mon sublime palais de glace ! Je me souviens surtout des longues heures que je passai à frissonner au soleil, une fois sorti du magasin et de cette mésaventure. Il me fallut beaucoup de temps, croyez-moi, pour me décongeler moi-même !

BALTHAZAR : Toutes ces frayeurs aiguisent mon appétit ; la faim me reprend soudain.

ZAC : Mes chers amis, restez ici et attendez-moi ; je cours vers ma cachette vous apporter le poulet que j'ai dérobé cette après-midi même ! Je ne perdrai pas de temps, croyez-moi !

SATAN : Merveilleux ! Quelle gentillesse ! Et *bis dat, qui cito dat* !

LECHAT : Pardon ? Que racontes-tu donc ?

SATAN : Donner rapidement, c'est donner deux fois, c'est ce que nous enseigne l'adage latin !

LECHAT : Quel étrange le langage… Mais notre Zac doit être déjà loin ! Je ne le vois plus. Je serais curieux de savoir dans quelle direction se trouve sa fameuse zone !

BALTHAZAR : Attendez-moi également, je monte sur ce tas de bois pour vous répondre… Car j'aimerais tout autant que vous savoir où Zac se rend. Ce pays de cocagne m'intrigue plus que toute autre contrée.

SATAN : L'aperçois-tu ?

BALTHAZAR : On ne saurait manquer sa position ! C'est que cette zone semble être éclairée en permanence : j'y vois des lampadaires et des néons à n'en plus finir. Ceci confirme les dires de notre camarade Che… les hommes se vantent de vendre les produits les plus écologiques au monde mais ils ne se formalisent pas de gaspiller le courant : que d'énergie pour éclairer ces cubes et panneaux publicitaires à cette heure si tardive ! Tout ça pour épater une poignée d'automobilistes de passage…

SATAN : Prends garde à toi, Balthazar ! Tu vas tomber ! Un des rondins se détache !

LECHAT : Grands dieux ! Balthazar glisse !

SATAN : Plus de peur que de mal, Balthazar est parvenu à sauter sur le grand muret !

BALTHAZAR : Misère ! Comment voulez-vous que j'en descende ? Ce muret est trop haut !

LECHAT : Cesse de miauler ! tu vas réveiller les humains et nous faire capturer !

SATAN : Pas de panique ! Je vais sauter sur ce qui reste du tas de bois et faire rouler les rondins restants.

BALTHAZAR : Félicitations à toi ! De quelle bravoure tu fais preuve ! Maintenant que le tas de bois s'est reconstitué sur le flanc du mur, je puis enfin descendre ! Je te remercie grandement.

SATAN : Nous autres, chats errants, sommes trop souvent traités de parasites mais savons être utiles à la bonne heure…

BALTHAZAR : Loin de moi de si mauvaises pensées, mon cher Satan ! Beaucoup, peut-être, voient leurs ennemis comme de simples parasites mais à ce jeu-là, chacun se trouve être le parasite d'un autre…

LECHAT : Belle maxime, je connais une fable qui l'illustrerait bien !

BALTHAZAR : Commence donc ! Cela nous fera patienter, le temps que notre cuisse de poulet nous parvienne !

LECHAT : La voici :

FABLE DES PARASITES

Un fier directeur qui se pensait l'unique artisan de son usine
Se fit invectiver par son ouvrier comme le dernier des

parasites…
« À quoi sers-tu ? Sinon à récolter les fruits de mon travail ! »

Pour se venger de cette offense, le directeur continua le tour de son usine
Et, au passage, traita à son tour la secrétaire de parasite…
« À quoi sers-tu ? Sinon à te prélasser au téléphone ! »

La secrétaire vexée trouva le soir-même sur le chemin de sa maison un mendiant
Qu'elle n'hésita pas non plus à traiter de parasite !
« À quoi sers-tu ? Sinon à vivre du travail des autres ! »

Ce mendiant croisa alors un chien errant et, tout en lui jetant un coup de pied, lui dit :
« À quoi sers-tu ? Sinon à me voler le peu de nourriture qu'on me cède ! »
Le chien dans sa colère s'attaqua à un serpent, le mordit avant de lui rétorquer :
« À quoi sers-tu ? Sinon à tenter de me tuer de ton venin ! »

Alors le serpent se rua sur une grenouille qu'il tenta de piquer :
« À quoi sers-tu ? Sinon à casser les oreilles des riverains par tes coassements ! »
Et la grenouille voulut se venger sur un moustique et le happer de sa longue langue…
« À quoi sers-tu ? Sinon à importuner les vaches ! »

À son tour le moustique tomba la nuit suivante sur l'ouvrier qu'il piqua et lui répondit :
« À quoi sers-tu ? Sinon à polluer mon air de toute la fumée de ton usine ! »
Aussi l'ouvrier s'en alla-t-il invectiver de nouveau le

directeur de l'usine…

Moralité : chacun prétend à devenir le parasite de son voisin !

BALTHAZAR, SATAN : Et retour à la case départ !

LECHAT : Cela me rappelle en fait l'une des rares rencontres que je fis avec un humain : cela se passa dans l'un de mes bois favoris quand je vis arriver à moi un jeune homme qui se disait passionné d'ornithologie et qui sillonnait les chemins. « Viens à moi ! me dit-il quand il m'aperçut. J'aime autant les chats que les oiseaux ! » Pour nous les chats qui tuons les oiseaux, avouez que c'est une réplique plutôt comique ! Les humains s'acharnent à vouloir nous caresser tout en proclamant qu'ils adorent autant que nous les oiseaux ! Et ils s'en lavent les mains quand sous leurs yeux nous massacrons leurs oiseaux chéris avant qu'en hypocrites ils nous réprimandent…

« J'aime autant les chats que les oiseaux ! » me dit-il donc… Je lui aurais bien répondu que moi pareillement j'adore les hommes qui aiment les oiseaux… car cela excite mes papilles !

SATAN : J'aime, moi aussi, les oiseaux, surtout le poulet et le canard ! Tenez… Zac est de retour !

ZAC : Voici, les amis, tout un poulet pour vous trois. Vous en disposerez comme bon vous semblera ! Mais hélas je dois vous laisser car on m'attend à cette heure. Bonne continuation !

LECHAT : Un rendez-vous galant ? Je te souhaite alors une bonne soirée.

SATAN : Bonne soirée à toi !

BALTHAZAR : Et merci pour ta générosité, Zac, à bientôt ! Je ne saurais manquer une invitation de ta part à me rendre dans ta zone qui regorge de tant de trésors !

SATAN : Maintenant qu'il est parti aux antipodes, je vous avoue que je me demande bien qui il s'en va rejoindre…

LECHAT : Vu la direction qu'il vient de prendre, je crois pouvoir répondre à ta question… J'ai un prénom de chatte sur mes lèvres !

BALTHAZAR : Tout cela me fait en effet penser à la fable que Siamantha nous raconta tout à l'heure et je crains que nous ne soyons ce soir les pauvres Roméos de cette histoire !

LECHAT : Siamantha nous avait prévenus que le désir ne se commandait pas… Si ce soir Zac a subi les quolibets tout autant que nous, il m'apparaît clairement à présent que cette Siamantha a bien caché son jeu ! Et notre Zac ne s'est donc pas laissé tromper par ce manège… en tout cas moins que les pauvres chats novices que nous sommes !

SATAN : Franchement, je me demande si tout ceci n'était pas une manigance orchestrée à deux… et si Zac lui-même ne s'est pas joué de nous en feignant l'amoureux éconduit !

BALTHAZAR : Je vous trouve bien ingrats ! Zac nous fait présent de ce poulet et, une fois parti, le voici l'objet de toutes vos médisances ! Qu'importe, après tout, qu'il nous abandonne pour Siamantha ! Reconnaissez au moins son geste d'hospitalité… Les chats d'ordinaire ne se font pas de cadeau ! Avouez alors que notre Zac est une heureuse exception !

LECHAT : Sauf que son cadeau est immangeable ! C'est un véritable bloc de glace et c'est rageant !

BALTHAZAR : Voyons, Lechat, nous ne sommes pas ce soir en pleine canicule ! Le dégel d'un poulet surgelé peut durer un certain temps, Zac nous avait prévenus ! Laissons rasseoir la viande dans ce fourré, nous pouvons bien attendre patiemment quelques heures avant de nous attabler !

9
Le chat du Préfet

LECHAT : Nous avons de la visite, je crois…

POMPOMPIDOU : Vous pouvez certes vous esclaffer après pareille fable mais, si vous me le permettez, je vous en raconterai bien d'autres à propos de parasites…

BALTHAZAR : Un chat de plus ! Expert en parasites de surcroît ! Je ne suis pas encore rassasié d'en entendre ! Peux-tu d'abord te présenter ?

POMPOMPIDOU : Je me nomme Pompompidou et suis le chat du Préfet, je me suis permis d'écouter vos récits pendant que je flânais de-ci de-là par ces buissons.

SATAN : Un chat résidant à la Préfecture ! Comme tu dois être choyé !

POMPOMPIDOU : C'est ce que chacun croit ! Mais le maître des lieux est si docte en économie qu'il en est devenu on ne peut plus économe, je peux vous l'affirmer ! Car dans cette préfecture je dois souvent me contenter de simples et vulgaires croquettes salées comme le commun des mortels ! Parfois m'ajoute-t-on quelques misérables bouchées de pâté de supermarché que le Préfet ne prend même pas la peine de se procurer lui-même ; l'un de ses vassaux lui fait toutes ses commissions. Et ces commissions se résument en une misérable ligne dans le budget de la maison ! Une seule ligne pour nourrir

Pompompidou votre serviteur ! C'est véritablement un scandale comme vous en conviendrez.

BALTHAZAR : À t'entendre, ce ne sont pas les torrents de caviar qui inondent ta demeure ! Au moins profites-tu de locaux modernes et confortables, du moins je l'espère pour toi.

POMPOMPIDOU : Pensez-vous donc ! L'ameublement n'a pas changé depuis des siècles par crainte sans doute que la bâtisse ne perde le cachet de la monarchie révolue. Les fauteuils, les tables et les commodes sont d'une vieillerie que vous ne pouvez imaginer. Certes mon maître le Préfet comme son directeur de cabinet disposent d'Internet mais même leurs connexions sont lentes et laborieuses. Quelle étrangeté, mes amis, que de scruter tous ces branchements électroniques et modernes dans un décor rempli d'antiquités ! Des antiquités de valeur aux yeux des hommes, dois-je supposer, mais des antiquités des plus poussiéreuses… Chaque heure je crains de rencontrer puces et poux en osant me coucher en ces lieux. Dieu merci ! la Providence m'épargna jusqu'à ce jour ce supplice ! Je croyais bien jadis habiter le plus prestigieux des châteaux de la Nation mais croyez bien que je déchantai rapidement quand, dans le bureau ovale, je tombai sur des photos prises chez des entrepreneurs de la région qui invitèrent mon maître : leurs palais s'avérèrent autrement plus somptueux que ma misérable demeure !

LECHAT : Tu ne vas tout de même pas nous faire croire que tu es le plus misérable des chats de cette planète ! Je ne pense pas que tu sois aussi mal loti que la majorité d'entre nous !

POMPOMPIDOU : Sans doute existe-t-il une part de vérité dans tes dires mais ma patience supporte tout de même des conditions de vie peu dignes d'un chat de préfecture ! Toujours est-il que de vivre au centre de la région m'a permis de rencontrer bien des individus dont j'aurais beaucoup à vous dire. J'ai bien entendu votre fable sur les parasites mais sachez que vous avez devant vous un fin connaisseur en la matière... Car si par bonheur et par chance je n'ai jamais croisé de pou s'attaquant à mon pelage, je peux bien me targuer d'être expert en parasites ! Après avoir rencontré tant et tant de visiteurs, je vous garantis que chacun de ceux qui venaient apporter leur pierre à notre bel édifice savait de sûr en retirer sa petite obole...

SATAN : Tu vas donc nous présenter quelques-uns de ces beaux spécimens ! Je m'en lèche les babines d'avance !

POMPOMPIDOU : Cela va de soi. Les jours propices à leur rencontre sont les jours d'inauguration ou bien de remise de médaille... Alors toute une foule d'hommes habillés sur leur trente-et-un se presse à l'entrée de notre Préfecture. Lors de telles messes, il vous faut d'abord supporter durant une heure entière le discours interminable et dithyrambique de mon maître, tandis que chaque invité garde les yeux tournés vers le médaillé du jour, sinon vers le ruban de la nouvelle chose à inaugurer... jusqu'à ce que notre Préfet coupe ledit ruban sous les applaudissements de l'assemblée. C'est d'ailleurs à ce moment-ci que je me réveille à chaque fois... dans le brouhaha ! Et chacun de nos invités, tout en soupirant après tant de belles paroles, se rue immédiatement sur le buffet sans se faire prier. Je puis vous dire que le traiteur et le pâtissier du Préfet ne chôment jamais lors de telles cérémonies : on y dresse alors une immense table, garnie de multiples toasts, de canapés, de charcuteries et autres pièces montées. Aussitôt tout un chacun se vautre littéralement dans la nourriture ! Votre Pompompidou n'a plus ensuite qu'à se dissimuler sous la table derrière les replis des nappes pour attendre le moment propice où l'hôte étourdi échappe son toast de ses doigts...

BALTHAZAR : Après un discours aussi harassant, j'imagine ton soulagement !

POMPOMPIDOU : Certes ! Je puis alors délaisser mes infâmes croquettes pour bien meilleure pitance ! Mais il faut faire preuve en ces circonstances d'une grande patience comme à la pêche, puis-je vous assurer ! Le temps que, grâce à la maladresse des convives imbibés de champagne, les restes de jambon, caviar et foie gras chutent sous vos yeux... Car, parmi cette foule de fonctionnaires et de politiciens, aucun n'aurait la grâce de vous offrir personnellement l'un de ses innombrables toasts, apeurés qu'ils sont tous à l'idée d'en céder un seul à leur voisin plus gourmand qu'eux ! Et quand donc l'occasion se présente au larron, vous ne devez pas tarder... En effet, sitôt le buffet terminé, les agents d'entretien se dépêchent de débarrasser la table et à ce moment-là vous n'avez plus aucune chance de savourer la moindre perle de caviar restante !

LECHAT : Et quel genre d'individu fréquente ta Préfecture ?

POMPOMPIDOU : Toutes sortes de cadres dynamiques s'y bousculent... Lorsque l'on n'y inaugure pas de nouveaux dispositifs, on passe son temps à en concevoir les jours restants ! Dans notre maisonnée, on fait dans l'innovation ! Ne serait-ce que ce matin-même, mon maître reçut de bonne heure le directeur du tout nouveau CDPIFSE, le Comité Départemental du Plan d'Intégration des Facteurs Sociaux et Environnementaux... Cet homme s'installa à la table du bureau central : je le regardais prendre ses aises, tandis que je me reposais sur la commode, ne dormant bien sûr que d'un œil ! S'ensuivit un interminable monologue qui sembla rendre jaloux notre Préfet, si gourmand en rhétorique comme à son habitude. La séance d'hypnose ne tarda pas à faire son effet, sur moi qui peinais à rester éveillé comme sur mon maître fasciné. Celui-ci s'empressa de lui serrer la main quand il finit d'argumenter, avant de lui promettre une ligne de crédit supplémentaire pour l'année prochaine, une fois le ministre contacté...

BALTHAZAR : Il te faudra donc faire le dos rond et prendre exemple sur de tels invités pour séduire ton Préfet... si vraiment tu souhaites qu'il élargisse le budget dédié à tes repas...

POMPOMPIDOU : La félinité n'est malheureusement pas un trait apte à attendrir notre Préfet. Bien des fois par le passé ai-je assisté au budget octroyé au fonctionnement de notre Préfecture. Si nos hôtes de passage ont tous vu leurs frais de fonctionnement augmenter de façon conséquente, pas une ligne supplémentaire ne s'est jamais ajoutée au budget de Pompompidou, votre serviteur ! Mais pour nos cadres dynamiques, il n'y a jamais souci ! Encore que le directeur du CDPIFSE ne fut pas le plus gourmand de ceux que je croisai... Le directeur adjoint de la CPPMELCA, la Cellule de Pilotage des Petites et Moyennes Entreprises Locales de Commerce et d'Artisanat, exigea bien davantage il y a de cela un mois !

SATAN : Il faut vraiment être un expert en sigles pour habiter ta Préfecture ! *Res, non verba* !

POMPOMPIDOU : La liste de ces sigles est certes interminable ; mais à la longue on s'habitue, croyez-moi ! Vous finissez même par y perdre votre latin comme votre propre langue maternelle à force de ne plus parler que dans cette sorte d'hébreu moderne. Et votre langue n'a plus alors le droit de fourcher : trompez-vous d'une seule lettre dans le sigle qu'on vous répond qu'il existe déjà !

Mais revenons à notre CPPMELCA ! Le directeur adjoint ne se priva pas d'effrayer notre Préfet en lui évoquant une possible récession locale avec de lourdes pertes d'emplois sur notre secteur. Comme une ombre planant au dessus du budget, cet invité machiavélique fit froidement part de ses larges exigences avant de ressortir du bureau avec le sourire...

LECHAT : Ta préfecture semble une véritable Caverne d'Ali Baba pour les humains les plus cupides ! L'argent y coule à flots, plus que l'eau des chutes du Niagara ! C'est une vraie source intarissable !

POMPOMPIDOU : C'est ce que je pense également. Cependant, pour couvrir de tels méfaits, nos services veillent à ce que chaque financement soit dûment motivé et surtout à ce que chaque action soit évaluée.

BALTHAZAR : Les critères doivent être nécessairement sévères pour valider de telles opérations...

POMPOMPIDOU : Ne soyez pas naïfs ! Mon maître est suffisamment bon rhéteur et bon poète pour concevoir une grille d'évaluation qui justifiera a posteriori la réussite de toute action entreprise !

SATAN : Mais si quelqu'un demandait à la lire pour vérifier le bienfondé des financements alloués ?

POMPOMPIDOU : Aucun souci sur ce sujet ! Ces grilles finissent toujours par reposer au fond d'une armoire ! Et quand vous aurez réalisé comment celles-ci sont conçues, vous comprendrez pourquoi personne n'y contesterait aucun point... Tenez ! Je vous cite de mémoire l'une d'entre elles :

LA GRILLE D'ÉVALUATION

Elle est constituée de différents critères d'évaluation auxquels il faut assigner une note : trois points pour « Très bien », deux points pour « Bien » et un seul point pour « Passable ». Ces critères sont au nombre de dix que voici :

Critères d'évaluation :	Points
Le projet n'a reçu aucun financement depuis les cinq derniers semestres consécutifs.	
La stratégie de communication s'avère pertinente en vue de la réalisation du projet.	
La stratégie de communication n'augmente pas déraisonnablement le financement du projet.	
Un apport préalable d'argent a été avancé pour le projet.	
Les moyens proposés démontrent la viabilité du projet.	
Les compétences des personnes impliquées	

assurent l'efficacité quant aux objectifs annoncés.	
Les bilans prévisionnels sont raisonnables quant aux prévisions économiques actuelles.	
Le projet aura un impact sur le progrès des connaissances dans le domaine visé.	
La subvention demandée sera propice à l'accomplissement du projet.	
Une méthodologie adéquate est proposée pour évaluer le projet à son terme.	
Total :	

L'avis de notre préfet conclut cette grille après bien sûr le total des dix notes, chacune entre un et trois points comme je vous l'ai précisé. Quatre avis sont alors possibles, motivés ou non par une explication : « Défavorable », « Réservé », « Favorable » ou « Très favorable ».

BALTHAZAR : Pour un amateur de lettres, cette grille manque quelque peu de poésie mais témoigne en effet d'un certain art ou, plutôt, d'un art certain de la simulation comme de la dissimulation...

POMPOMPIDOU : Détrompe-toi : ce sont des littéraires fort érudits qui conçoivent de telles grilles ! Pour beaucoup d'humains, poésie et philosophie restent avant tout des passeports pour accéder à un poste de technocrate où l'on exigera les textes les plus creux, les plus fumeux qui puissent être ! Sans compter sur le fait que cette grille est en fait généralement pré-remplie au stylo par mon maître qui systématiquement y entoure l'avis « Très favorable » et y appose sa signature avant même l'entretien et forcément sans le moindre commentaire motivant l'avis ! Mais comme mon maître s'avère fâché avec les mathématiques, il se garde bien d'attribuer lui-même les points à chaque critère et surtout de calculer leur somme dans la case « Note Globale » : il laisse bien sûr ce soin au quémandeur... qui parfois n'hésite guère à s'octroyer sans vergogne le maximum des trente points ! Sans parler du susdit directeur du CDPIFSE qui parvint même, dans la fébrilité de l'entretien, à comptabiliser trente-trois points à l'aide d'une calculette !

LECHAT : Quel théâtre de dupes ! Tout ce beau monde doit finir par se lasser de ces grilles...

POMPOMPIDOU : Ceci est juridiquement impossible ! Nulle révolution ne se tiendra dans mon palais : nous vivons quant à nous dans l'Évaluation Permanente ! C'est elle qui donne sens au travail de notre maison et lui donne un infime soupçon de semblant d'utilité publique...

BALTHAZAR : Quelle hypocrisie ! Dire que la loi permet un pareil enfumage...

SATAN : *Dura lex sed lex !*

LECHAT : Et moi, j'en ai les vibrisses qui se hérissent, à entendre tout cela !

POMPOMPIDOU : Je suis un chat cérébral, voyez-vous ! Malgré la pusillanimité de nos hôtes, je me plais tout de même à suivre la comédie qui se joue devant moi ! Parfois, lors de ces nombreux entretiens, je me surprends à rire dans ma barbe...

J'ai le plus ri lorsque je croisai l'année dernière le Directeur du Plan DINAMIC, Développement des

Investigations Nouvelles d'Amélioration des Méthodes et Investissements de Croissance : sans cravate, la chemise ouverte jusqu'au poitrail, il annonça fièrement au Préfet que, grâce à son projet, le chômage allait chuter dans les six mois qui suivraient...

« Formidable ! répliqua le Préfet. Si nous réussissons, vous ne me verrez plus en ces lieux car je serai obligé de quitter cet endroit pour prendre aussitôt mes fonctions dans un ministère !

— Vous ne quitteriez alors pas notre Préfecture sans nous causer des regrets, répliqua le directeur obséquieux !

— Avec votre slogan « Boote et rebooste ta région ! » sur le secteur « Plaine Emploi » de notre vallée, vous atteindrez vos objectifs, c'est certain !

— Je n'en doute pas une seconde, surtout avec l'aide que vous me promettez aujourd'hui ! »

Une fois l'entretien terminé, quand l'opportuniste s'éclipsa, le Préfet se tourna immédiatement vers son directeur de cabinet pour lui signifier qu'il n'y avait guère de risque qu'il quittât son fauteuil pour un ministère ! Et il ne se trompa point puisque aucun d'entre nous ne quitta la Préfecture à cette heure où je vous parle ! « Mais enfin l'homme est aimable et rempli de bonnes intentions ! » conclut mon maître, comme bercé par ces futiles promesses...

Il n'y a toutefois pas que des privilégiés qui soient de passage chez moi... Beaucoup d'employés de notre maison sont de simples agents d'entretien voire des éboueurs. Ceux-ci s'empressent chaque jour d'emporter les déchets dans un large sac qu'ils débarrassent jusque dans la benne disposée à l'arrière de notre bâtisse.

BALTHAZAR : Ne font-ils pas le tri sélectif ?

POMPOMPIDOU : Ne vous fiez nullement aux apparences ! Il existe certes de nombreuses affiches placardées sur chaque mur rappelant à qui veut l'entendre que le gaspillage est à bannir et l'écologie une priorité de chacun : « Pensez-à l'environnement ! » nous répète-t-on à tue-tête sur chaque page ! On trouve même dans un couloir une poubelle destinée à la récupération du papier recyclable ; on y jette alors les plastiques et emballages qui, devons-nous l'admettre, n'ont quasiment aucune chance d'être recyclés... Car tout est affaire de communication. À l'instar de tous ces e-mails plus gourmands en énergie que n'importe quel papier produit... Il faut dire à ce propos que les entreprises, sous couvert d'écologie bienveillante qu'elles appellent elles-mêmes le *greenwashing*, font souvent croire à leurs clients que d'envoyer leurs factures par mail pollue moins la planète que de le faire par courrier, mais ce n'est que mensonges... leur préoccupation réelle n'étant que d'économiser un timbre...

SATAN : La comédie humaine dépasse donc de loin la comédie féline ! *Decipimur specie recti*, si je n'en perds pas mon latin ! Combien d'heures les hommes ne dépensent-ils pas à se tromper les uns les autres !

POMPOMPIDOU : Quand ils ne dépensent pas leur temps contre nous... Je ne vous parlerai pas en latin ! Figurez-vous que la semaine dernière je connus la peur de ma vie ! J'eus alors le malheur de croiser l'un des pires ailurophobes existant sur terre...

LECHAT : Un ailurophobe ? Encore donc du latin ?

POMPOMPIDOU : Aucunement, il s'agit d'un hellénisme !

LECHAT : Un hellénisme ? Est-ce un mot nouveau qu'une femme prénommée Hélène a imposé ?

POMPOMPIDOU : Mais non ! Ailurophobe, c'est un mot grec ! De ces individus atteints par la peur des chats... C'était il y a un mois de cela, quel cravaté vis-je donc traverser la cour sinon le détestable Directeur du CHIEN, le Comité d'Hygiène Intercommunal pour l'Éradication des Nuisibles. Tout habillé de noir, tel un spectre à qui il ne manquait que la faux à son flanc, il pénétra dans le bureau, s'assit dans le fauteuil Louis XV avant d'adresser la parole à mon maître ; il ne manqua pas alors de me jeter un regard des plus malveillants. Commença donc son sinistre discours : animé d'une répulsion sans borne envers tous les quadrupèdes de la terre, il fustigea devant nous la saleté occasionnée dans les rues par les multiples déjections animales. Sa proposition fut sans appel, à savoir assigner à résidence tous les quadrupèdes de la ville ! Je bondis alors sur la commode ! La perspective de ne plus pouvoir me dégourdir les jambes hors de ma maison, comme je peux encore le faire en ce moment-même, m'effraya tant que j'hésitai à lui sauter dessus et sans prendre soin de rétracter les griffes !

Mais céder à cet acte de vengeance eût été l'occasion rêvée pour notre ailurophobe, si prompt à éradiquer chiens, rats et chats de la ville : se faire agresser par un chat, cela aurait été le prétexte idéal pour déclencher la guerre ! L'étincelle qui nous eût tous condamnés, vous et moi ! Par bonheur, notre Préfet repoussa l'échéance de ce projet funeste, ajournant sa décision à une autre année... Sur ma commode je m'écroulai alors de soulagement !

LECHAT : Ces humains gardent leurs menaces dans leurs tiroirs mais il faudra faire preuve de vigilance à l'avenir…

POMPOMPIDOU : Je tremble en effet à l'idée de recroiser cet odieux personnage mais… mes amis, je suis malheureusement contraint d'interrompre notre discussion ! Dieu me préserve ! Car regardez qui nous rejoint au loin ! Peut-on imaginer pareil chat galeux ? Les poils sales et à moitié arrachés, un chat mince comme un cadavre ! Ne me dites jamais que je finirai ainsi ! Pouah !

BALTHAZAR : Aucun ne peut présager de sa destinée, Pompompidou !

SATAN : Avant que je ne connaisse les hauteurs du Mont-Saint-Michel, ma vie n'a guère été plus enviable et donc je vous confirme que nul n'est à l'abri du besoin…

POMPOMPIDOU : Soit ! Restons grand seigneur ! J'écouterai subséquemment ce nouvel acolyte !

10
Les déboires d'Éthanol

ÉTHANOL : Bonsoir à vous tous, j'espère ne pas vous déranger. On m'appelle Éthanol ; je vous avouerais que je porte mon nom comme une croix. Vous l'avez sans doute deviné, je suis le chat d'un alcoolique !

BALTHAZAR, POMPOMPIDOU, SATAN : Bonsoir Éthanol !

LECHAT : En tout cas, tu n'as pas l'air d'avoir connu l'alcool festif...

ÉTHANOL : Malheureusement, je ne peux que te le confirmer... Pourtant mon maître avait longtemps étudié les arts comme les sciences : il n'était donc pas exempt d'un bon bagage culturel, il connaissait les risques... Mais, à la fin, tout ce qu'il en est resté, dans sa pauvre cervelle devenue spongieuse, aura été de savoir que l'éthanol était le nom savant de son funeste penchant. Et j'hérite aujourd'hui de ce sobriquet de triste sire !

BALTHAZAR : Considérant tes propos, j'en déduis que ton maître n'est plus !

ÉTHANOL : En effet, cela fait plusieurs mois qu'il a arrêté la boisson puisqu'il a quitté ce monde ! Laissez-moi vous relater les sombres derniers jours du pauvre bougre et vous comprendrez à quel enfer j'ai réchappé...

POMPOMPIDOU : Je suis toujours curieux de connaître les mœurs de nos administrés. De plus, j'ignore ce que signifie vivre en compagnie d'un ivrogne même si je pus croiser de temps à autre quelques spécimens portés sur la boisson, et ceci lors des inaugurations de mon Préfet de maître !

ÉTHANOL : Tu n'as pas joué de malchance comme moi qui ai vécu nuit et jour en compagnie d'un pareil personnage. Pourtant, au tout début de mon existence, ma vie de chaton n'a pas été si atroce. Mon maître s'occupait alors de moi avec une affection certaine. Qui se sera finalement tarie… De même, ma compassion pour lui ! Car les années n'auront été que dégradation jusqu'à la déchéance ultime.

Régulièrement je pensais naïvement que mon maître se portait mieux ; mais en fait, si un jour mon maître remontait d'une marche, et son état s'améliorait, il en dégringolait deux le lendemain ! Ceci explique mes illusions quant à l'avenir optimiste que je lui réservais au départ. Je dus donc me faire une raison puisque l'ivrogne ne faisait que chuter d'année en année ! Certes nous tous, humains comme chats, courons le risque de mourir chaque jour. Mais mon maître a fini par rejoindre les malheureux dont les chances de survie ne sont plus qu'infimes dans l'année qui suit !

Dans ma jeunesse, je le voyais déjà boire, sirotant l'une après l'autre ses canettes de bière qui ne titraient alors en alcool qu'environ quatre degrés. Souvent je l'entendais se vanter auprès des amis invités à sa table, amis qui finirent d'ailleurs par ne plus nous rendre visite… Je l'entendais donc se vanter que lui ne se laisserait pas aller à vider une bouteille de whisky et autres rhums à cinquante degrés ! Il ne se pensait donc pas comme un alcoolique. Et je peux vous dire qu'à la fin il ne se pensait plus du tout et ne pensait même plus à quoi que ce soit !

BALTHAZAR : Pourtant il ne buvait que de la bière somme toute assez légère !

ÉTHANOL : Au début, certes... Mais il en buvait déjà des litres chaque jour et ne mangeait quasiment rien ! Sachez que des litres de bière finissent par vous imbiber d'alcool autant qu'une seule bouteille de whisky ! En cette période, il usait d'astuce pour boire bien davantage que ses convives : ni vu ni connu, il prenait une canette ou le reste d'une bouteille entamée qu'il dissimulait vers lui entre mes boîtes de pâté sous la table pour se servir dès que les autres avaient le dos tourné ! Vous pensez bien que, pour moi qui dormais alors à même le sol, son petit jeu conçu en vue de vider canettes et bouteilles n'était pas un mystère... Mais bientôt l'alcool fut si vorace qu'il ne se cachait même plus pour l'écouler !

J'étais en tout cas bien le seul à boire du lait et manger à peu près correctement et donc sa santé déclina assez vite. Comme dans le calendrier de la Révolution Française, l'An IV précéda l'an V mais en degrés d'alcool ! Les années passèrent alors une par une et le titrage de son breuvage augmentait donc de pair. Son teint tirait de plus en plus sur le violet : le visage avait tant rougi que bien de nos invités croyaient leur compagnon de beuverie revenu d'un séjour au soleil ! Mais bientôt plus personne n'évoqua le bronzage car la fatigue et le manque d'énergie l'envahirent peu à peu et son train de vie ne trompa plus quiconque...

Sur ses derniers jours, il ne vidait plus que des canettes de bière parmi les plus volumineuses et toutes étaient titrées à huit degrés ! Le mal était fait ! Malgré les quelques passages de son médecin à notre domicile, la volonté n'y était plus, ni même la faculté de prendre la moindre décision de se soigner ! Sans parler de se prendre en charge, ni même de prendre en charge le pauvre Éthanol ! L'effondrement de son hygiène de vie au quotidien devenait criant et cet effondrement, je n'allais pas tarder à en pâtir…

SATAN : Je ne te cache pas que je ne troquerais pour rien au monde mon existence sauvageonne contre pareille incarcération !

ÉTHANOL : Moi-même, je ne me doutais pas à mes débuts de ce qui m'attendait… Quelques mois avant son décès, les tremblements de ses mains se généralisèrent dès le matin et tant qu'il ne fut pas suffisamment saoul, ces tremblements ne le quittèrent plus. Combien de fois laissa-t-il couler mon lait par terre sans parvenir à le verser correctement dans mon bol ! Je fus alors trop souvent contraint de laper le lait à même le sol pour ne pas finir assoiffé ! Puis les choses s'aggravèrent très vite quand mon maître fut atteint par la goutte puis par l'arthrose, des maux qui s'attaquèrent à lui dans la fleur de l'âge.

Toujours pour se dédouaner, comme une excuse à son mauvais penchant, il n'oublia pas de fustiger les travaux physiques et les activités sportives du passé, accusés d'être les seuls responsables de la déchéance de son corps ! Et ceci devant ses invités qui bien sûr, vu son état et ses mensonges dévoilés, se faisaient de plus en plus rares comme je vous l'avais déjà dit. Quant à moi, je me moquais bien de connaître la vraie raison de son handicap nouveau… Tout ce que je voyais, c'était que je risquais de mourir de faim comme de soif, tant mon maître oubliait à nous ravitailler tous deux correctement. Il faut ajouter ici qu'il peinait de plus en plus à se tenir debout et souffrait nuit et jour, assis comme couché. Je dus bientôt me passer de lait et me contenter de lécher le robinet pour ne pas mourir de soif. C'est à partir de ces jours que je perdis tant de mon beau pelage car il ne se passa plus aucun jour où je fus rassasié !

BALTHAZAR : Mon pauvre Éthanol ! Combien de journées de privation as-tu dû supporter !

POMPOMPIDOU : Je puis vous dire que je n'ose imaginer de pareilles atrocités ! Cela dépasse l'entendement ! Je comprends mieux désormais l'arrogance de mon propre maître face à tous ces manants, ces malotrus qui font honte à la Nation ! Si tu avais pu parler en personne à notre Préfet, celui-ci n'aurait point hésité à signer un internement de force à l'adresse de cet énergumène : je peux fièrement te l'assurer car je connais parfaitement les lois de ce pays !

ÉTHANOL : C'est bien là mon principal regret ! Mais le pire restait à venir même si le calvaire touchait à sa fin… Un beau jour, à quelques semaines seulement de sa disparition, mon maître s'éprit de la folle idée d'inviter le soir deux personnages de mauvais augure ; et de cette soirée, il n'allait pas en sortir indemne. Comme si la fontaine était tarie, ces deux imbéciles ne trouvèrent pas meilleure idée que d'offrir à leur hôte des bouteilles d'alcool fort. Et comme cela ne suffisait pas, ils ajoutèrent dans chaque verre une étrange pilule bleue que mon maître ingéra à son insu contrairement à eux deux qui savaient exactement ce qu'ils prenaient.

Les effets furent évidemment dévastateurs. Au début de cette soirée, je me reposais sur le lit mais, entendant les cris et les propos incohérents de chacun, je me dépêchai de me réfugier sous le sommier. J'entendis alors les pas de mon maître se diriger vers les toilettes où il hurlait encore, croyant voir des monstres partout, appelant je ne sais qui à l'aide. Les deux hurluberlus si peu recommandables n'avaient rien trouvé de mieux que de lui faire croire qu'ils lui avaient versé un décontractant. Vous pouvez deviner combien mon maître se trouva décontracté ! On peut dire qu'ils lui ont fait passer la pilule ! Il poursuivait donc ses cris dans les toilettes, hanté par la vision d'un dragon ou de je ne sais quelle chimère ! Quand il n'y vomissait pas…

SATAN : Quel étrange divertissement que de prendre des substances aussi suspectes si c'est pour vivre de pareils cauchemars ! Personnellement, je préfère laper mon bol de lait, c'est ma drogue personnelle et je peux vous assurer qu'après avoir étanché ma soif avec… moi, je fais de beaux rêves !

LECHAT : Le monde est suffisamment féroce pour ne pas en rajouter ! Je ne pensais pas qu'il y avait tant d'humains prêts à pareille autodestruction.

POMPOMPIDOU : Quant à moi, ces histoires me retournent l'estomac ! Je ne veux point en entendre davantage ! J'en suis désolé mais je ne puis poursuivre ! Je vous laisse donc à votre misère. Sachez toutefois que je compatis ! D'ailleurs, je crois entendre le vigile de la Préfecture m'appeler afin que je regagne mon domicile… donc, hélas, je vous fais mes adieux, mes pauvres amis !

BALTHAZAR : Maintenant que ce chat de préfecture s'éloigne, je peux vous dire qu'il est donc des chats qui préfèrent fermer les yeux et ne rien voir du monde !

LECHAT : Je resterai poli et, de ce fait, ne vous dirai pas ce que ces chats-là ont dans les yeux selon moi...

SATAN : Cet univers est trop éloigné de celui de notre Pompompidou qui préfère ignorer la misère ! *Vae victis* pour nous autres qui ne vivons point en préfecture...

ÉTHANOL : Pourtant il n'a pas entendu la fin de mon histoire ! Je vous racontais donc que mon maître se lamentait depuis sa salle de bains. Je l'entendais se plaindre qu'il ne pouvait plus redescendre sur terre. Figurez-vous qu'alors, n'arrivant plus à dormir et se sentant de nouveau en manque, celui-ci se rua sur la bouteille d'Eau de Cologne qui lui restait sur le bord du lavabo ! Avant de goulûment la vider d'une traite...

LECHAT : En a-t-il au moins apprécié le parfum ? Les huiles essentielles lui ont peut-être facilité la digestion de sa pilule !

SATAN : Ou bien se prit-il à rêver d'une chartreuse ! Peut-être a-t-il confondu les bouteilles... En tout cas, c'est une manière comme une autre de se mettre au vert ! *De gustibus et coloribus non disputandum...*

LECHAT : Quesaco ?

BALTHAZAR : Des goûts et des couleurs, on ne discute pas...

LECHAT : Merci à toi, Balthazar, de me traduire ces citations latines si obscures à mes yeux... Personnellement, je préfèrerais me parfumer le pelage à la chartreuse que laper l'Eau de Cologne !

ÉTHANOL : Devinez alors son état sous les rires de ces deux perfides... Jamais je ne vis mon maître sombrer aussi bas dans l'alcool ! Et jamais il n'émergea de son lit les deux jours qui suivirent, je vous le garantis !

BALTHAZAR : Dépendre de l'alcool au point d'ingérer de l'Eau de Cologne…

SATAN : Bien des savants prétendent que l'Homme partage un quart de son génome avec la levure de bière. Ton acolyte ne fait donc pas exception !

ÉTHANOL : Je crains qu'il ne partage autant de chromosomes avec sa bière que nous autres avec nos cousins les tigres ! Et si les humains prétendent être gorgés d'eau à raison de la moitié de leur corps, remplacez l'eau par la bière, vous obtenez mon maître !

Les tout derniers jours furent plus terribles encore : chaque fois qu'il ouvrait une boîte de conserve, il utilisait une nouvelle assiette et n'entamait qu'à peine son contenu avant de jeter cette assiette dans l'évier sans réfléchir. Un évier où s'amoncelait donc toute une pile d'assiettes où les restes alimentaires s'empilaient comme la vaisselle et finissaient par moisir au fil des jours. C'est dans cette puanteur que je dus survivre : ma boîte de pâté entamée et tiède s'asséchait à tel point que je la laissais aux mouches ! Quant au pot de sel, il finit également trempé dans les immondices de l'évier…

Je n'osais même plus dormir en sa compagnie tant il y avait de taches de bière et de brins de tabac dans ses draps. Je me contentais de fermer l'œil, jonché sur une étagère abandonnée, loin de la douche au revêtement couvert de boue ! Mon maître gémissait sans cesse de douleur et je ne pouvais rien faire. Plus aucun humain ne se résolut à lui rendre visite ; je m'inquiétais alors de me retrouver enfermé dans cette chambre si mon maître finissait par y mourir sans que personne ne s'en rendît compte…

LECHAT : Comment cet affreux cauchemar a-t-il pu finir ? Tu sembles en être sorti miraculé... J'attends la suite de ton récit !

ÉTHANOL : Son dernier jour arriva et pour moi ce jour fut comme une renaissance : toujours en tremblant, marchant sur ses talons, il se leva le soir, sans doute pour se procurer de la bière mais en oubliant mes boîtes... Sitôt sorti de sa chambre en perdition, il se déplaça comme il put à travers le couloir avant de s'engager une dernière fois dans les escaliers... où il chuta ! La tête la première. Plus jamais je ne le revis car il sembla que les voisins puis les ambulanciers s'en occupèrent. Ainsi me retrouvai-je enfermé dans la chambre ; j'attendais aussi ma mort, accroché à mes dernières forces. J'étais dans un piteux état comme vous pouvez vous en douter.

SATAN : Alors qui donc t'a libéré ?

ÉTHANOL : Ce furent les services municipaux qui m'ouvrirent la porte quelques heures plus tard et me recueillirent avant de m'emporter dans une cage jusqu'à un refuge. J'acceptai tout, même les déplacements en voiture que nous, les chats, détestons tant habituellement ! Je n'étais désormais plus apte à griffer ni même à miauler !

LECHAT : C'est tout de même un sort guère meilleur que de finir dans un refuge en compagnie de tous les chats errants... Souvent ces chats-là ne sont pas tendres après avoir été ramassés par la Ville...

ÉTHANOL : J'ai en effet vécu quelques nuits difficiles dans cet endroit mais très vite j'en fus libéré car une vieille dame se présenta et m'emporta jusqu'à sa maison.

Enfin je connus de meilleures conditions d'hygiène et surtout je pus me reposer sur un coussin douillet, choyé et rassasié en lait comme en viande ! Et si votre comparse de préfecture se gausse aujourd'hui de mon médiocre pelage, je sais que bientôt, grâce aux soins de ma nouvelle compagne, je recouvrerai de sûr la santé.

BALTHAZAR : Heureusement que sur cette impitoyable planète il existe encore de grandes âmes charitables pour sauver de pauvres chats comme toi !

SATAN : Sans vouloir vous décevoir, je vous dirais qu'on se leurre parfois sur les grandes âmes charitables ainsi que sur leurs intentions profondes. Sans parler également des conséquences de leurs actes qui ne sont pas toujours celles que ces personnes espéraient. L'Enfer est pavé de bonnes intentions, les humains se plaisent-ils à répéter ! À ce propos, je connais un conte qui, s'il vous plaît de l'entendre, vous convaincra de sa pertinence...

LECHAT : Tu aiguises ma curiosité ; ce ne sera donc pas de refus que de t'écouter ! Balthazar acquiescera, je pense. Commence donc ton conte !

SATAN : Cette histoire relate la vie d'une dame qui vécut en des temps fort anciens comme vous vous en rendrez compte. La voici donc :

UNE SAINTE

Il était une fois une noble enfant qui naquit en un splendide château. Ce château surplombait tout un village peuplé de pauvres paysans. Cette fille cousue d'or qui fit ses premiers pas dans les larges couloirs de sa grande demeure ne manqua d'aucun mets raffiné ni de précieuses parures. Mais l'ennui gagna vite l'enfant choyée qu'elle était. De ce fait, il s'écoula peu d'années avant qu'elle ne s'aventurât dans le village, en contrebas, à la rencontre des va-nu-pieds de son âge... Dès qu'elle parvint au cœur de ce quartier qu'elle ne connaissait pas, ceux-ci accoururent aussitôt vers elle en quémandant, car ils savaient bien à qui s'adresser en découvrant ses riches parures... et ce ne furent pas leurs parents qui les retinrent ! En ces temps-là déjà, elle démontra son grand cœur en offrant à chacun des pauvres bougres de son âge les nombreux diamants qu'elle arracha de son collier hérité de son père.

Quelle ne fut pas la joie de ses nouveaux camarades que de se faire offrir de pareils cadeaux ! Les plus naïfs d'entre eux se dépêchèrent de jouer avec, comme on jouerait aux osselets, mais d'autres gamins comprirent très vite la valeur de ces bijoux ! Le soir même, leurs parents confisquèrent bien sûr à chacun de leurs rejetons les diamants, pressés qu'ils étaient de les troquer bientôt chez un usurier contre pièces sonnantes et trébuchantes.

Ce même soir, après qu'elle fut rentrée, elle croisa le regard effrayé de sa mère toute blême de ne point voir le fameux et précieux collier sur elle. Puis, son père arriva à son tour, ivre de rage. Où était passé le collier ? Ce fut la seule obsession de son père ! Déjà elle se comportait comme une sainte ; elle n'eut donc pas la lâcheté d'incriminer les villageois et avoua devant ses parents le don du collier qu'elle fit à ses nouveaux camarades. Mais son père refusa de la croire, estimant qu'elle mentait par indulgence pour les paysans dont elle camouflerait le vol.

Le lendemain matin, sans rien lui dire, il fit alors fouetter parents et enfants du village où personne n'eut donc le temps de revendre les diamants ! À force de tortures chaque famille céda son diamant aux préposés du château qui reconstituèrent le collier et le livrèrent au père aussitôt rassuré. Dans le village, il se répandit aussitôt la rumeur que notre jeune fille était en fait perfide et qu'elle avait manigancé cette affaire pour mieux humilier chaque manant ! Donc quelques jours plus tard, lorsqu'elle osa entreprendre une deuxième descente dans le village, elle vit tous ses anciens camarades la fuir en regagnant leur demeure et chaque portail se ferma à son approche... Elle ne comprit alors rien de l'affaire et se contenta, déçue, de regagner ses appartements. Ainsi crut-elle faire le bien une première fois sans que personne ne la prévînt du mal qui en advint !

***

Bien des années plus tard, lorsqu'elle parvint à l'âge d'être courtisée, elle se prit à aimer les voyages. Lors de l'une de ses pérégrinations, elle croisa un ivrogne sur son chemin. Elle eut alors pitié de lui et se promit au fond d'elle-même de le sauver de l'emprise de son vin ! Dès lors elle le recueillit et s'occupa régulièrement de lui, lui procurant soins, repas et logis au château même de son père. Mais au fur et à mesure que les mois s'écoulaient le pauvre bougre, qui, soit dit en passant, n'avait pas renoncé à sa cuvée qu'il engloutissait en cachette, ne pouvait se résoudre à vivre sans sa présence. Il tomba donc amoureux d'elle... Et quand elle lui fit faux bond pour une longue affaire à traiter dans de lointaines contrées, le malheureux se croyant trahi se jeta le jour même de son départ des hauteurs du donjon ! Ce fut de cette manière que disparut l'homme qu'elle crut sauver de son vice sans que, une nouvelle fois, elle ne sût jamais le pourquoi.

Il se produisit ensuite à peu près le même malheur que je vous raconterai de ce pas puisque *bis repetita placent* !

Dans une tout autre cité que visita notre bienveillante, un vagabond se présenta à elle. S'agenouillant devant elle, il lui demanda de l'engager à son service afin que cessât sa misérable existence sans travail. Considérant l'état de celui-ci selon ses propres préjugés, elle le persuada qu'il allait fort mal ma foi... De ce fait, elle l'expédia sur le champ auprès de son médecin personnel afin que ce dernier le soignât. Mais c'est que ce médecin, profitant de son aura d'homme savant, ne trouva rien de mieux que d'administrer à ce vagabond, qui la veille était si robuste et si enclin à changer de vie, divers médicaments qui ne le firent que dépérir ! Un jour vint donc où l'on enterra cette victime de la médecine ; bien sûr notre jeune dame n'y vit que la destinée prévisible d'un homme qu'elle croyait malade dès la première heure qu'elle le vit !

Peu de temps après ce drame, une jeune fille en détresse parcourait les rues en pleurs devant notre bonne dame qui l'impressionna tellement par sa grâce qu'elle lui confia son secret : cette jeune fille, tout en étant fort malnutrie, se trouva enceinte après que son amoureux la délaissa pour une autre. Elle tentait tant bien que mal de cacher la proéminence de son ventre à ses frères et parents. Elle s'angoissait à l'idée d'accoucher, d'être rejetée de tous et de ce fait condamnée à la mendicité voire pire. Mais notre sainte ne vit dans ce récit que bonté du ciel... Elle la recueillit alors au sein de son château où elle lui recommanda son diable de médecin, le même qui acheva le pauvre vagabond. Notre médecin, réputé être des plus conservateurs, refusa de mettre fin au chagrin de la jeune fille. Et malgré la piètre santé qu'elle affichait, il l'obligea à prolonger sa grossesse. Aussi accoucha-t-elle dans la douleur quelques mois plus tard au château, sans que le médecin ne veillât à son état. Comme elle périt en couches, on recueillit l'orphelin qu'on emmena dans un couvent où l'on ne manqua pas de le railler voire de le maudire comme fruit du péché… De ce fait, l'absence de soins comme d'affection fit que cet enfant ne survécut guère longtemps à sa mère !

Quant aux voyages de notre sainte, on raconte à son propos qu'elle ne les réalisait qu'à dos de cheval car, soucieuse de son environnement, elle ne voulait pas abîmer les chemins avec les roues d'un fiacre. Là aussi elle croyait agir avec bonté mais ne sut pas le grand nombre de chevaux qu'elle fit périr par les incessants trajets qu'elle leur fit subir. Pareillement, lorsqu'elle rentra en son château après une battue, elle s'émut des souffrances subies par les sangliers de la forêt et refusa par conséquent qu'on en servît la viande sur ses terres. Les sangliers, désormais épargnés par les chasseurs, proliférèrent très vite, au grand dam des paysans qui n'avaient plus assez de légumes à récolter, tant leurs cultures furent dévastées par ces nouveaux protégés ! Les choses se répétèrent donc : jamais notre sainte n'eut vent de la disette qui dévorait les villages jouxtant son palais, des villages où pourtant chacun criait famine à qui voulait l'entendre…

***

Le soir de sa vie, cette vierge la consacra à de plus grandes bienfaisances : elle étudia donc la diplomatie, souhaitant faire profiter de sa bonté le plus de peuples possible. Elle crut alors sauver la paix dans le monde quand elle s'interposa entre deux royaumes fort belliqueux, tous deux situés au nord de son château. Un différend les opposait de longue date à propos d'une minuscule île sur le fleuve qui leur servait de frontière : c'était une île déserte, fort rocailleuse, pour laquelle personne de sensé n'aurait manifesté le moindre intérêt ! Mais chacun des souverains de ces deux royaumes voulait y planter son drapeau ! Et les foules soutenaient rageusement leurs rois respectifs tout en se haranguant sans fin le long de ce fleuve. Sur les deux rives de celui-ci, on ne tarissait pas d'insultes, rivalisant de menaces pour exhiber son courage comme sa supériorité !

Ce fut alors que notre sainte dame apparut sur un bateau qui remontait le fleuve avant que d'amarrer à l'un des deux rivages. Au premier des deux rois, elle adressa son conseil… qui était de planter le drapeau de son propre royaume au cœur de cette île mais de laisser les sujets de son ennemi en occuper le territoire. De ce fait, ayant convaincu ce premier interlocuteur, elle regagna son embarcation, le drapeau de ce premier royaume contre son sein, pour le planter au sommet pierreux de l'île ingrate. Puis, elle finit de traverser le fleuve pour se rendre auprès du second roi qui l'attendait de pied ferme. Un second roi à qui elle demanda qu'il occupât de son armée cette île, tout en prenant bien soin d'y laisser flotter le drapeau adverse au gré des vents.

Mais fouler cette île ne suffit point aux soldats qui la conquirent… Aussitôt parvenus au sommet du rocher, deux d'entre eux ne purent se retenir d'arracher de son socle le drapeau tant haï avant que de le piétiner sous les yeux rouges de colère qui scrutaient la scène sur la rive voisine ! Plus aucune diplomatie ne put arrêter les évènements : immédiatement dans le camp adverse, la foule offusquée s'embarqua sous la houlette de son roi afin de venger le pauvre drapeau flétri et bientôt elle aborda, ivre de sang, l'îlot tant convoité, puis, la rive ennemie ; la guerre était déclenchée. Notre sainte n'eut donc plus qu'à redescendre le fleuve et regagner son château à l'abri de ces troubles, tout en se lamentant du massacre qui débutait sous ses yeux…

***

Arriva le jour de sa mort qu'elle accueillit avec sérénité, persuadée que le Paradis l'emporterait. Mais aussitôt qu'elle se trouva devant Saint Pierre, celui-ci lui adressa un regard étonnamment sinistre et patibulaire. Glacée par un tel accueil, elle implora Dieu de lui préciser en quoi elle aurait pu pécher. Mais ce fut Saint Pierre, irascible, qui lui répondit : « Ainsi t'étonnes-tu de notre colère ! Ne vois-tu donc pas les innombrables malheurs que tu as semés derrière toi ? Enfants battus, suicide, empoisonnement, non assistance à personne en danger, famines et guerres, tout ce que ton orgueil a pu engendrer ! Seul le purgatoire attend les insouciantes de ton espèce ! Prépare-toi à la mortification après tant de douleurs et de sang versé ! » Envahie par l'incompréhension comme par le désespoir, elle dut alors se résigner à son triste sort que jamais elle n'imagina. Celle qui prétendit devenir une sainte vit donc toute l'œuvre de sa vie s'effondrer devant elle.

LECHAT : C'est une manie qu'ont ces humains de toujours se justifier, en se croyant bons et raisonnables ! Mais cette pauvre planète, que nous autres, chats, habitons également, ne s'y trompera pas ! Chaque jour, il faut que ces humains grignotent forêts, marais et lagons sous un nouveau prétexte futile, et par petites parcelles pour que leur forfait passe inaperçu ! Mais nous voyons bien que la gabegie ne fait que se poursuivre. On sauve ici une mare, là-bas une fleur rare pour mieux se faire pardonner de bétonner le restant… Et je ne parle pas des zoos soi-disant conçus pour conserver nos cousins, tigres et lions, et qui ne servent en fin de compte qu'à divertir les enfants des citadins… Mais nous ne sommes pas dupes, nous les chats, qui voyons bien que les terres de nos cousins, à la façon des réserves d'Indiens, se réduisent désormais comme peau de chagrin !

SATAN : Je te suis, mon cher Lechat, et pour appuyer à mon tour mon propre conte sur nos commensaux d'humains, je te parlerais bien de ces illustres personnages, parmi les hommes, dont la légende a été fort exagérée… Combien de Jules César et de Vercingétorix, de Saladin comme de Richard Cœur de Lion, de Napoléon comme de Lénine ! Tant de héros libérateurs dont on ne peut guère éluder les atrocités qu'ils commirent tous ! Mais les hommes souvent se leurrent sur la loyauté de leurs maîtres sans en dénicher leurs vices… *La plupart des héros sont comme de certains tableaux : pour les estimer, il ne faut pas les regarder de trop près,* comme le disait une maxime au XVIIe.

Il en est de même pour les artistes dont l'Histoire enjolive les prises de position dans bien des circonstances… Et même s'il faut reconnaître le bien-fondé de l'adage *Virtute superavit aetatem*, ils n'en restent pas moins des hommes qui prennent plaisir à fabuler… La Tour de Pise de Galilée, la pomme de Newton et la baignoire d'Archimède ne prouvent qu'une chose : les hommes ne sont jamais à court d'imagination… *An nescis, mi fili, quantilla prudentia mundus regnatur…*

LECHAT : Et toi Satan jamais à court de ton latin ! Mais, Balthazar, tu ne nous as pas dit ce que t'inspire ce conte ! J'aurais bien aimé connaître ton point de vue.

BALTHAZAR : À mon humble avis, je pense que cette femme ne poursuivit aucune mauvaise intention et qu'elle ne pouvait pas se rendre compte du mal qu'elle infligea autour d'elle. Sans doute aurait-elle dû s'abstenir d'intervenir dans toutes ces affaires mais il faut bien avouer qu'elle n'agît jamais par malice !

ÉTHANOL : En ce qui me concerne, j'ai trouvé ce conte fort instructif et je rejoindrai la conclusion de Balthazar. Pour terminer, j'espère tout de même que ma nouvelle maîtresse ne se fourvoiera pas autant que cette prétendante à la sainteté. Il me semble en tout cas que ma protectrice est une femme courageuse qui ne fera preuve d'aucune perfidie et qu'elle n'aura pas la maladresse de me faire connaître pareilles déconvenues. De plus, comme je lui suis redevable, je ne compte pas la décevoir. Vous m'excuserez mais je ressens déjà la fatigue malgré l'intérêt que je porte à notre discussion. Je reste en convalescence depuis les tristes évènements que je vécus. La lumière de ma nouvelle demeure s'allume au loin donc j'en déduis que ma bienfaitrice m'attend. Par conséquent, je vous laisse en vous souhaitant une bonne nuit ! À bientôt mes amis !

SATAN : Bonsoir à toi, Éthanol !

BALTHAZAR, LECHAT : Bonsoir Éthanol !

SATAN : Regardez par ici ! Et deux de plus !

LECHAT : Qui sortent tous deux de la cure !

11
La veuve et le curé

MAGDALENA : Messieurs, bonsoir ! Je me présente ! Je suis Magdalena et voici mon compagnon Golem !

GOLEM : Enchanté de rencontrer de nouvelles ouailles ! Qui se nomment ?

SATAN : L'ouaille Lechat à ma gauche et l'ouaille Balthazar à ma droite, enfin Satan pour vous servir !

GOLEM : Mon Dieu ! Comment peut-on porter un nom aussi infâme ?

BALTHAZAR : Ceci est une fort longue histoire... Êtes-vous également du quartier ?

MAGDALENA : Pour sûr ! Golem est *le* chat du Curé du quartier ! Et moi je suis la chatte de celle qu'on surnomme la Veuve qui n'est autre que la bonne du Curé !

LECHAT : Et vous vous croisez souvent ?

MAGDALENA : Ha ! Mieux encore... Nous sommes en couple, figure-toi, mon cher ! Tout comme nos maîtres !

BALTHAZAR : La Veuve et le Curé ! Ai-je bien entendu ? Seraient-ils donc en couple ?

GOLEM : Chut ! Ne le répétez surtout pas ! Si la Veuve vit dans la cure, ce n'est officiellement que pour y faire la cuisine et le ménage...

SATAN : Cette femme doit donc être une femme libérée, moderne et anticonformiste.

MAGDALENA : Moins que vous ne l'imaginez tous ! Revenus de l'alcôve, la Veuve comme le Curé sont quelque peu conservateurs pour ne pas dire vieux jeu ! Ils savent cacher leurs mœurs peu catholiques derrière leur apparente rigidité. Ils sont comme les escargots, la coquille bien dure à l'extérieur certes… mais l'intérieur bien mou !

SATAN : *Ex falso sequitur quodlibet !*

GOLEM : *Absit reverentia vero !*

LECHAT : Mais diable ! où avez-vous donc appris tout ce latin ?

GOLEM : Auprès de mon maître, voyons ! Tout prêtre qui se respecte ne saurait méconnaître son latin, cela va de soi !

BALTHAZAR : Quant à toi, Satan, je serais bien curieux de t'entendre me dire qui t'a inculqué cet étrange langage…

LECHAT : Ce doit être un langage crypté, comme on en utilise dans les services secrets !

SATAN : Le latin, mes amis, est la clef de mes origines. Plus tard, quand nous nous serons davantage familiarisés les uns aux autres, je vous raconterai l'étrange chat que je fus… qui durant toute son enfance ne parla que latin !

MAGDALENA : Moi, je vous avouerais que votre latin ne me parle guère ! Et pas plus que ma maîtresse ne parle le latin ! Cela ne l'empêche pas de vivre et de penser selon les dogmes les plus anciens ! Car sitôt sortie de la cure, elle se fait un malin plaisir de fustiger les sciences modernes auprès de tout un chacun ! Quand vous parliez de femme libérée...

GOLEM : C'est une femme libérée de la Science comme de la Raison ! Tout comme mon curé de maître ! Comme chez bon nombre de croyants, la morale et la théologie se résument en peu de choses...

BALTHAZAR : Je serais curieux d'en apprendre sur tous ces dogmes...

GOLEM : Le principe en est fort simple ! Ils proclament tous : « Le bon croyant qui mérite le Paradis, c'est moi d'abord ! » et qu'importent leurs vices cachés ! Quant à leur voisin, s'il a le malheur un beau matin de passer la tondeuse pendant leur sommeil, le pauvre bougre se trouve déjà voué à la géhenne !

MAGDALENA : Ainsi chacun tape-t-il sur son voisin sans jamais démordre d'être le seul que Dieu bénisse !

GOLEM : Et notre curé sait toujours faire preuve d'opportunité... Si vous êtes fidèle à son Église, une météorite peut vous tomber sur la tête... il invoquera alors la Providence qui rappelle sa brebis bienaimée à la bonne heure ! Mais que cette même météorite tombe sur un infidèle, il vous répondra que ce malheur n'est que le juste châtiment de Dieu !

LECHAT : Que d'étranges penseurs vous logent ! Vous semblez en tout cas bien nourris !

MAGDALENA : Nous avons en effet la chance de recueillir dans la crypte de notre église les reliques d'un

Saint fort apprécié des fidèles…

GOLEM : Surtout les étrangers… Fort heureusement !

SATAN : Tiens ! Pourquoi donc ?

MAGDALENA : C'est que bien des cars venus de pays où la pratique religieuse ne faiblit pas viennent déposer les fidèles devant notre église ! Le dernier car de pèlerins nous arriva pas plus tard qu'hier de Pologne !

GOLEM : Quel bonheur, la Pologne !

BALTHAZAR : Votre Pologne m'intrigue : qu'a-t-elle donc de si attrayant ?

MAGDALENA : Vous n'imaginez pas la générosité de nos Polonais ! Sitôt terminé leur pèlerinage, nous nous léchons les babines devant le tronc, à l'entrée de la nef !

LECHAT : Un tronc ! Mais que contient-il donc ?

GOLEM : C'est que ce tronc recueille toutes les pièces de monnaie, quand il ne s'agit pas de billets… que nous laissent comme offrandes les fidèles de passage !

SATAN : Vous vous laissez donc tenter par l'argent, à ce que je vois ! Mais que voulez-vous faire de tout cet argent ? Vous n'êtes pas des humains !

MAGDALENA : Mais de cette obole dépend notre assiette du lendemain, figure-toi ! Après pareil car de Polonais, vous n'imaginez pas les dépenses faramineuses que fait ensuite ma maîtresse ! Nous sommes, Golem et moi, alors certains de banqueter une semaine entière ! Vous avez donc compris pourquoi à présent notre festin ne fait que commencer… d'où notre bonne humeur ce soir !

GOLEM : Parfois des cars arrivent d'Italie, du Portugal ou d'Irlande. De bons clients également...

MAGDALENA : Mais alors les cars français... Vous criez famine rien que de les voir arriver !

GOLEM : Vous vivez alors une semaine pire qu'une année de vaches maigres ! Quand ces cars-là nous parviennent, vous ne pouvez compter que sur un seul de ces harpagons qu'ils transportent... Que celui-ci glisse sa pièce dans la fente, vous n'entendrez que l'écho de sa chute, tant le tronc est vide !

MAGDALENA : Soyez sûr que, lorsque la Pologne ou le Portugal nous rendent visite, tous les pèlerins font la queue pour donner leur obole à notre Église ! Et le dernier d'entre eux peine souvent à y glisser sa piécette tellement le tronc regorge d'argent jusqu'à ras bord !

BALTHAZAR : Je comprends mieux désormais pourquoi vous vous extasiiez pour un car polonais ! C'est une entreprise aussi alléchante que les magasins de surgelés qu'on nous évoqua !

SATAN : Vos maîtres sont peut-être réactionnaires mais vous savez donc en tirer profit !

GOLEM : Tout à fait ! Même si leurs conversations nous fatiguent parfois. Mais qu'un visiteur trop cartésien nous rende visite, nous sourions alors. Car la Veuve et le Curé ont tôt fait de fustiger le profane qu'ils vont jusqu'à traiter de profanateur ! Et tous deux se liguent alors contre lui jusqu'à le chasser de ces lieux.

SATAN : Ils ne vénèrent donc pas Darwin !

GOLEM : Darwin ! Tous les supplices de la Bible réunis jamais n'assouviront la soif de vengeance de nos deux pieux !

MAGDALENA : À propos de ce Darwin, je peux vous relater tout un discours que la Veuve fit à un passant depuis sa fenêtre pour tenter de le convaincre des erreurs de la Science. Un récit destiné à convaincre le plus sceptique des hommes de retrouver la Foi ! Cela vaut un roman !

COMMENT DIEU TROMPA DARWIN

C'était un beau jour de printemps, en l'an mil huit cent quatre-vingt-deux, et, en ce jour mémorable, Saint Pierre enfin convoqua le misérable mortel répondant au nom de Darwin… Aussitôt Saint Pierre commença sa diatribe :

« Te voici donc, apostat ! L'heure est venue pour toi de subir le châtiment réservé aux diviseurs de ton espèce… Tous ceux qui croient pouvoir chasser nos ouailles de nos églises ! Avant de te confier au Premier des Diviseurs, j'aurais bien des confidences à te faire qui te convaincront, bien qu'il soit trop tard pour toi, de la bêtise de ta théorie et de ces insanités évolutionnistes !

— Mon Dieu ! s'exclama Darwin avec effroi. Moi qui n'ai jamais vraiment renoncé à mon désir de devenir pasteur un jour, quelle cruelle sentence m'attend donc ?

— Si tu n'avais pas remis en cause la Genèse, l'un des textes les plus sacrés qui soient, moins terrible aurait été mon discours ! Le Diable t'a tenté et tu es tombé dans le piège qu'avec son aide nous t'avons concocté. Tu as donc cru à toutes tes découvertes ! Elles ne s'appuyaient que sur de faux indices dispersés par nos soins. Et nous avons créé ces leurres dans le seul but d'éprouver l'ardeur de ta foi qui de toute évidence n'était pas inébranlable !

— Comment est-ce possible ? reprit Darwin. Les os de dinosaures ! Le chien qui ressemble au loup ! Les variations des pinsons des Iles Galápagos ! Les phalènes du bouleau ! L'Homme de Neandertal ! Les couches de roches sédimentaires ! Comment Diable ! me serais-je trompé ?

— Puisque ton heure est venue, moi, Saint Pierre, je vais te révéler les dessous de nos manigances... J'en ris encore mais tu en pleureras sans doute ! Tu as donc cru, homme plein d'orgueil et de prétention ! à l'existence de tes dinosaures en examinant quelques ossements ! Caïn lui-même, figure-toi ! en est l'auteur... Nous lui demandâmes de scier quelques os d'éléphants et de baleines avant d'en recoller les morceaux. Charcuter la chair ne lui posant pas problème, Caïn fut facile à convaincre, crois-moi ! Le travail fut remarquable... Après le ponçage, nous avons été époustouflés par le résultat... qui fut des plus probants : une véritable créature nouvelle ! Nous aurions pu croire nous-mêmes à ce dragon au long cou... Une fois l'opération terminée, nous étions enfin sûrs que des hommes comme toi fabuleraient à propos de ce squelette factice. Caïn s'y est révélé un véritable artiste, le Maître des Fossiles !

— Vous falsifiez donc le Monde !

— La fin justifie les moyens, hélas ! Tu n'étais pas obligé d'y croire. Assume désormais tes erreurs ! Moi, j'assume la perfection de notre montage ! Parlons maintenant du chien qui ressemble au loup... il fut conçu en dernier lieu et Dieu sur un coup de fatigue n'avait plus la tête à concevoir un animal plus original. Et donc il conçut le chien comme un loup en y ajoutant quelques nuances de pelage et de taille... Là c'est ton imagination qui vit dans le loup l'ancêtre du chien ! Le chien descend du loup, voyons donc ! Prendrait-on le risque de se faire déchiqueter ! Pensais-tu donc qu'après avoir fabriqué ces deux bestioles, on les laisserait cohabiter ! La réponse est non ! On s'est empressé de libérer le loup dans la forêt afin qu'il ne nous importune plus !

Quant aux pinsons des Galápagos, que veux-tu ! Ces oiseaux, ce sont des volatiles... Aussi volatiles que l'air, ils se sont très vite dispersés. Après le déluge, Noé aurait bien voulu les regrouper autour d'un lac en Judée mais il lui fut impossible de les retenir tous... et donc chacun de ces pinsons choisit son île à lui, selon son caprice, dans l'archipel équatorien ! Ta théorie de l'adaptation au milieu naturel tombe donc à l'eau ! Et quelle idée de passer ses journées en Angleterre à compter ces miteuses phalènes au pied de tous ces terrils charbonneux ! Si nous avons créé des phalènes blanches et des phalènes grises, ce n'était que pour le plaisir des yeux ! Qu'allais-tu inventer pour expliquer leurs nombres !

— Restent les ammonites...

— Elles datent d'avant le Déluge. Certes on en trouvait encore au temps de Noé mais leurs trop lourdes coquilles effrayèrent Dieu... En fait nous prîmes peur que le plancher océanique ne cédât sous le poids cumulé de leurs coquilles donc nous décidâmes d'un commun accord d'en arrêter la production ! Imagine la mer se déverser comme un fleuve sous ce plancher puis le sol flotter sur ce fleuve certes plat...

— Mais la Terre est ronde !

— C'est toi qui le dis ! Toujours est-il que nous avons fait le tour de tes chers fossiles ! Tu peux constater à quel point tu t'es illusionné à écrire sur ce sujet !

— Et Neandertal ? Vous ne me répondrez pas qu'il

s'agit d'un collage ! s'agaça Darwin.

— Le singe ! Parlons-en ! Ce n'est pas parce que Dieu a raté sa première mouture d'homme en glaise qu'il faut y deviner le squelette de son grand-père ! Vous, les humains, avez cette manie de déterrer les cadavres alors, bien sûr, vous échafaudez théorie sur théorie pour expliquer que tel nonos mesure deux millimètres de moins que le vôtre ! Dieu n'est pourtant pas à un millimètre près dans ses créations, vous devriez vous en rendre compte, avec vos bébés mal formés !

— Dieu a donc la main leste !

— Je ne te permettrai pas cet écart ! Finissons donc par les roches sédimentaires ! Tu n'aurais jamais deviné qu'en soulevant les montagnes Dieu pouvait insérer une couche de roches plus récentes sous une couche de roches qu'Il coula lui-même un jour auparavant ! Vos élucubrations sur les roches qui s'empilent au fur et à mesure du temps ne tiennent donc pas ! Sur ce point également, vous vous êtes fait avoir. Nous ne sommes pas non plus à court de fantaisie, tu avoueras ! Quel joli tour de passe-passe que de glisser ici une couche de granite et là une couche moins ordinaire que l'on croirait extraterrestre entre deux autres de calcaire !

Et les hommes d'inventer ensuite je ne sais quelle météorite ou quel glissement de terrain pour expliquer l'évolution de la Terre au cours du temps. Un temps qu'ils imaginent durer des milliards d'années ! Comme vous vous emballez dans vos calculs, toi et tes complices ! Non, restons sérieux ! Deux jours Nous furent largement suffisants sur cette planète pour réaliser ce millefeuille de roches.

À ta suite apparaîtra sans doute quelque savant fou qui nous inventera des datations au césium, au thorium et j'en passe ! pour soutenir tes fantasques travaux... Nous avons d'ailleurs truffé nos roches de ces métaux pour induire en erreur tes successeurs qui séviront au vingtième siècle ! Eux aussi, je les attends de pied ferme d'ici quelques années pour les faire descendre à leur tour en Enfer ! Et quiconque nous effraie avec des équations à n'en plus finir mérite cet Enfer car ne vous l'avions-nous pas dit plus tôt ? S'ouvre aux seuls simples d'esprit le Royaume des Cieux ! En échafaudant tes théories sans fin, tu tombais donc dans notre piège qui t'en éloignait...

— Mais pourquoi, Diable ! déployez-vous tant de méchanceté à piéger les pauvres hommes dont je fais partie. Cela vous est-il si amusant de compromettre le plus grand nombre pour remplir ensuite cet Enfer ?

— Ce n'est pas par sadisme, misérable Darwin ! que nous envoyons tant d'hommes en Enfer ! Sache simplement qu'il n'y a plus guère de place au Paradis... La grande majorité des cent quarante-quatre mille tickets sont déjà écoulés, si je puis m'exprimer ainsi ! Avec tant d'élus, je me perds déjà dans mes comptes, figure-toi ! Réalise qu'à l'approche du vingtième siècle quasiment cent quarante-deux mille emplacements du Paradis seront déjà comblés, déjà qu'il est si étroit... C'est pour cette raison que nous opérons désormais la plus drastique des sélections avant d'en permettre l'entrée aux générations futures... Je m'en désole parfois mais que veux-tu ! Après moi, il n'y aura plus que des financiers et des comptables.

— Je serais donc une victime collatérale de la conjoncture économique du Ciel !

— Sans doute ! Mais tu étais libre, libre de ton choix de ne pas trébucher dans les embûches de la Providence ! Je commence à fatiguer de toujours devoir me justifier face à vous, les scientifiques… Vos raisonnements à n'en plus finir me font mal à la tête. En résumé votre problème réside dans le fait que vous cherchez à tout prix des corrélations voire des causes là où ne se trouvent que de simples coïncidences ! Mais il te faut t'y résoudre… Le Monde que Dieu a créé n'est en fait qu'un immense chantier rempli de coïncidences que nos bons croyants gracieusement appellent des miracles. Le Monde s'avère donc plus simple que tu ne le crus… Bref ! Tu as persisté dans l'erreur, ma décision est prise : en Enfer, Darwin ! Et plus vite que ça ! Ouste ! »

LECHAT : Et le passant à qui la Veuve s'adressa, ne me dites pas qu'il a cru ces balivernes !

GOLEM : Il y a cru, figure-toi ! Les humains parfois ne se détachent jamais de leur conception infantile du Monde… et s'imaginent croiser Satan partout !

SATAN : Que de bêtises ne faut-il pas entendre en mon nom ! *Errare humanum est, perseverare diabolicum !*

BALTHAZAR : Et j'entendrai toujours cette même fable selon laquelle seuls cent quarante-quatre mille humains se verraient autorisés à entrer au Paradis !

12
De l'origine des chats…

GOLEM : C'est que ces humains se croient tous dignes d'en faire partie, de ces fameux cent quarante-quatre mille élus ! Ce nombre qui se trouve à la fin de leur satané livre… Les pauvres ne savent même pas que ce nombre d'élus ne s'applique que pour nous les Chats ! Et nous, nous le savons depuis fort longtemps quand on nous l'a appris dans la Haute Égypte… Mais les hommes préfèrent se leurrer en se croyant promis au Paradis à notre place, les malheureux !

BALTHAZAR : Le Paradis n'attend bien sûr que nous, les Chats ! Et donc, comme le dit le célèbre quatrain persan que tout chat persan comme moi se doit de connaître, notre Veuve retournera dans la boîte du néant à l'instar de tous les autres humains ! Au moins se laisse-t-elle bercer par la douce illusion de nous confisquer le Paradis…

GOLEM : À ce propos, il me paraît bon de revenir aux textes fondateurs afin qu'aucun de nos congénères ne se laisse tromper à l'avenir par ces affabulations humaines ! Je vais donc de ce pas vous réciter notre Saint Évangile si chacun le veut bien.

BALTHAZAR, SATAN, MAGDALENA, LECHAT : Amen !

GOLEM : Invoquons, mes frères et sœurs, Notre Seigneur, C.H.A.T., le Divin Tétragramme Félin du Seigneur Chat !

Et proclamons Sa Parole Sacrée :

L'ÉVANGILE SELON LE CHAT

Au commencement, C.H.A.T. créa la Terre puis les prés et les buissons. Enfin Il créa le Chat Sauvage Félix à Son image. Pour lui rendre la vie plus agréable, Il créa sa femelle, la Chatte Angora. Celle-ci devint son doux plaisir. Ensuite, comme agrément à leurs yeux, Il créa le Boa Constricteur qui aussitôt serpenta autour de son palmier ; le Boa étant fort long donc difficile à nourrir, Il créa la Souris qui devint le bonheur de ses papilles.

Tout semblait harmonieux au Jardin du Boa mais peu de jours s'écoulèrent avant que les deux Chats Sauvages n'exterminassent quasiment toutes les souris que le Seigneur Chat créa et le Seigneur Chat fut en colère en découvrant les corps de Ses rongeurs, tous marqués des crocs des deux félins. Pris sur le fait, le Chat Félix rejeta la faute sur sa compagne qui elle-même rejeta la faute sur le Boa mais le Boa, habitué à ingurgiter entièrement les souris, ne se serait jamais permis de négliger derrière lui les restes de ses festins !

Les deux chats alors crurent qu'ils poursuivraient leurs méfaits en toute impunité jusqu'à ce que le Seigneur Chat leur conçût un cousin qu'il baptisa le Tigre et aussitôt le Tigre chassa Félix et Angora du Paradis des Souris. Et comme les souris se firent rares au dehors, et qu'il fallut que les deux chats survécussent, le Seigneur Chat façonna une nouvelle créature que ces deux exilés pourraient domestiquer… Ainsi créa-t-Il l'Homme ! L'Homme fut alors promis à travailler durement dans le seul but de satisfaire le Chat ! En contrepartie, loin du Paradis Perdu, les chats durent de ce fait se résoudre à habiter chez l'Homme !

Depuis ce temps, les chats furent donc condamnés à rester confinés dans les demeures des hommes mais il y avait des méchants parmi les chats... Le Seigneur Chat les démasqua avant de les punir en ne donnant à ces ingrats aucun humain qui pût prendre soin d'eux ! Ainsi les chats harets se trouvent-ils aujourd'hui sans logis et paient-ils les péchés de leurs ancêtres qui furent méchants aux yeux de Notre Seigneur. Ainsi dans le froid les chats harets pleurent-ils la perte du Jardin du Boa, attendant toujours à ce jour, comme les chats des humains d'ailleurs, la Résurrection au Paradis Perdu !

Mais dans Sa Miséricorde Notre Seigneur — Sois béni, ô C.H.A.T. ! — nous fit la promesse, à nous pauvres félins, d'un sauveur. Car un jour viendra Manix, le Chat venu de l'Ile de Man. Mais les Chats ne le reconnaîtront pas... Ils le dénigreront jusqu'à trois fois le renier et le laisseront se faire crucifier par la queue. Et quand Manix sera devenu le Chat sans queue, la Grande Chatière, portail du Jardin des Souris, s'ouvrira enfin aux cent quarante-quatre mille chats qui seuls le mériteront.

Manix apparaîtra au dessus de la colline et douze chats viendront à sa rencontre. Il en fera alors ses disciples. Un jour, lors du Sermon sur la Colline, l'un des Disciples lui demandera :

« Minou, pourrai-je moi-même entrer par la Grande Chatière après avoir vécu toute mon existence auprès d'un humain ?

— Sans doute n'eus-tu pas le choix de naître en sa demeure, répondra Manix. Mais si tu persistes à dépendre de cet homme, prends garde à ne pas tomber dans ses travers. Sache que dans le cas contraire les Portes Félines te resteront closes !

— Mais, s'écrira le disciple, comme il m'est impossible

de survivre en dehors de ma maisonnée, toujours je subirai son mode de vie. Comment alors garder ma dignité aux yeux de Notre Seigneur ? Serais-je un chat perdu !

— Détrompe-toi, pauvre désespéré ! Écoutez donc, mes disciples, la Parabole du Chaton Prodigue : Un jour un père décida de partager son vaste territoire entre ses deux chatons. Le premier choisit de conserver sa part et de subvenir aux besoins de son père, chassant à sa place le campagnol. Mais le second délaissa sa zone et s'en alla miauler auprès des humains. Des années durant, le chaton se corrompit auprès des villageois qui le nourrirent, dormant même dans leurs chambres et ne se souciant d'aucun de ses congénères. Jusqu'au jour où un incendie dévasta le village. Et notre chaton prodigue se retrouva seul, sans nourriture et sans aucun lieu confortable pour se reposer. Alors celui-ci se résolut à revenir habiter les terres de son père. Tout penaud, craignant quelque coup de griffe, il n'osa l'approcher mais il fut bien étonné quand, pour son retour, son père sacrifia une grive qu'il lui offrit avec joie. Son chaton de frère pouffa immédiatement de colère, ne comprenant pas la joie du père d'accueillir un pareil scélérat. Aussitôt le père répondit au chaton offusqué : « Toi, mon chaton, tu es toujours avec moi, et tout ce que j'ai est à toi. Mais je nous devais ce festin et ces réjouissances, puisque ton frère que voici était mort et qu'il est revenu à la vie ; il était perdu et il est retrouvé. »

— Ainsi, Minou, le Seigneur Chat saura-t-il reconnaître les siens parmi les égarés.

— Certes ! Mais tous les égarés ne franchiront pas la Chatière ! Et je vous le dis en vérité… De la franchir il sera difficile aux chats habitant les châteaux ! (Balthazar, ne vous sentez point visé, je vous assure, vous faites exception !) Car il est plus facile à un chamois de passer par le chas d'une aiguille qu'à un chat de chasser les rats par delà la Chatière !

— Au moins ne suis-je point concerné, répliquera un deuxième disciple, moi qui n'habite point un palais !

— Cela n'a rien à voir, s'exclama Manix. Écoutez la Parabole du Bon Chat de Gouttière : un jour un chat abyssin se fit battre dans une haie par trois harets. Étant fort mal en point, celui-ci qui se trouvait à terre miaula à l'aide. Un premier passant qui n'était autre qu'un fier chartreux l'aborda sans daigner lui adresser le moindre regard ni même s'arrêter. Un second l'approcha, un siamois non moins fier, démangé par l'envie de lui donner un nouveau coup de griffe, avant de s'éclipser finalement. Puis un troisième chat apparut : c'était un chat de gouttière, méprisé de tous, mais ce chat tant honni n'hésita pas à se rendre au chevet de l'abyssin, lui léchant ses plaies, lui apportant même un moineau jusqu'à ses crocs et le veillant une journée entière jusqu'à ce que l'abyssin se rétablît complètement. À votre avis, lequel sera le prochain à traverser la Chatière ?

— En tout cas, ce ne sera pas le chamois ! s'exclamera le deuxième disciple.

— Quittez les hommes, s'écriera le Messie. Mais ne redevenez jamais des chats sauvages ! »

Ainsi parlera Manix. Mais tous le renieront, le trahiront jusqu'à le livrer au Suisse qui s'emparera de lui dans le funeste but de lui tanner sa splendide peau de chat ! Il le clouera par la queue sur la porte du Calvaire et Manix souffrira pour nous. Mais le temps viendra où il sera sauvé, non par ses disciples, qui très vite l'auront fui, mais par le couteau de la Suissesse lancé contre la porte, couteau qui lui coupera la queue et lui permettra de s'enfuir et donc de ressusciter pour nous et parmi nous ! Alors le Chat de l'Ile de Man ouvrira grand la Chatière aux seuls chats pénitents.

Ô Seigneur Chat, pardonne-nous nos offenses ! Reçois-nous au-delà de la Chatière et accorde-nous ta grâce jusqu'au Siècle des Siècles. Que chacun d'entre nous, pauvres pécheurs, communie au repas des Soixante-douze Souris Vierges. Que ce délice de souris, en dépit des nombreux péchés que tu nous pardonnas, comble enfin notre faim ! Nous, les affamés indignes qui te supplions de nous libérer de l'Homme !

BALTHAZAR, SATAN, MAGDALENA, LECHAT : Amen !

GOLEM : Croquez la Sainte Souris, pauvres pécheurs, ceci est mon corps !

BALTHAZAR, SATAN, MAGDALENA : Alléluia !

LECHAT : Mais toutes ces hosties... On les trouve dans les épiceries asiatiques ! Ce sont des krupuks aux crevettes !

BALTHAZAR, SATAN : Voyons, Lechat !

MAGDALENA : Désolée, chers amis, j'entends sonner la cloche des vigiles qui nous rappelle à notre devoir de rentrer à la cure.

BALTHAZAR : En pleine nuit sonne donc l'heure des vigiles !

GOLEM : La prière ne s'arrête jamais dans notre cure ! Car la religion rappelle les hommes à leur devoir chaque jour comme chaque nuit, afin que le sommeil n'altère point leur foi et qu'à leur réveil leurs esprits restent dociles… Nous devons donc vous laisser à cette heure mais ce fut un plaisir que de dire une messe en vos noms pour votre salut. Nous vous souhaitons donc, Magdalena et moi, une excellente nuit.

BALTHAZAR, SATAN, LECHAT : Bonne nuit, Mon Père et Ma Sœur !

SATAN : Ils sont déjà partis au loin… Et si nous descendions l'allée tous les trois !

LECHAT : Excellente idée !

BALTHAZAR : Je vous suis.

13
L'ex- chat de la BM

TURBO : Enfin des chats ! Mes frères, au secours ! Je vous en supplie… Venez à moi !

SATAN : Que se passe-t-il ? Pourquoi de telles jérémiades ?

TURBO : De grâce, laissez-moi vous accompagner ! Recueillez-moi ! Me voilà sans logis !

BALTHAZAR : Par le Seigneur Chat que nous venons d'implorer, quel malheur t'est-il donc arrivé ? Un incendie ? Une inondation ?

TURBO : Pire ! Votre pauvre Turbo n'a plus de maître !

LECHAT : Ha ! Tu parles d'un malheur ! Mais, mon pauvre Turbo ! moi non plus, je n'ai pas de maître et ceci depuis la nuit des temps !

BALTHAZAR : Mets-toi à sa place, mon cher Lechat ! Il ne connaît pas tes techniques de chasse et ne sais où dormir : il lui faut tout réapprendre ! Que la liberté est rude à vivre quand on ne l'a jamais connue ! Ce n'est pas toi, Satan, qui me contrediras…

SATAN : Certes non, Balthazar ! Quant à toi, Turbo ! N'aie crainte ! Si tu acceptes de me suivre, moi, Satan, je te prendrai sous mon aile, comme on dit chez les volatiles.

TURBO : Je te remercie du fond du cœur, Satan ! Puisque

tel est ton nom.

BALTHAZAR : Mais qu'est-il arrivé à ton maître ? Est-il décédé comme celui d'Éthanol ?

TURBO : Pas le moins du monde ! Regardez là-haut, au dessus des thuyas… La lumière de sa chambre à l'étage reste allumée. Il y est encore.

LECHAT : Et tu n'oses plus le rejoindre ?

TURBO : Impossible ! Il m'a définitivement chassé de chez lui.

SATAN : Certains chats se croient répudiés par leur maître mais parfois il n'en est pas ainsi… Bien souvent ce sont les chats eux-mêmes qui s'effraient à l'idée d'approcher les hommes !

TURBO : Malheureusement, ce n'est pas la phobie qui m'oblige à vagabonder ce soir. Il faut vous dire que mon maître n'est pas des plus sympathiques. Et je vous garantis que je me prendrais une affreuse volée s'il me prenait l'idée de retourner auprès de lui. D'aucuns diraient que je n'ai plus de toit, mais moi justement je n'ai plus rien d'autre de disponible que le toit de la maison… le seul endroit où je ne risque pas de me faire battre par mon ex-maître !

BALTHAZAR : Qu'as-tu donc fait, mon pauvre Turbo, pour que ton maître t'évince aussi brutalement ?

TURBO : Mon sort fut scellé par la BM de mon maître, figure-toi !

LECHAT : Un nouvel humain fanatique des automobiles coûteuses et inutiles !

TURBO : Eh oui, mon maître ne jure que par sa BM : c'est son seul hobby voire sa seule raison de vivre ! Il n'a d'yeux que pour elle ! Toutes ses économies y sont passées et il dût même s'endetter pour l'obtenir, cette maudite BM ! Et dès qu'il l'acheta, je peux vous dire que ma ration de pâtée, je l'ai vue diminuer…

SATAN : Chez l'imbécile, la volonté de puissance n'est rien d'autre que la quête de richesse !

BALTHAZAR : Souvent pour masquer son impuissance…

TURBO : Ses complexes de puissance, je les ai assez subis, en tout cas ! Vous ne vous imaginez pas le cauchemar que de monter en voiture avec pareil individu au volant… Jamais bien sûr ne me prit l'envie de monter dans ce bolide, vous le pensez bien ! Mais la faim me piégea ; mon maître me mit deux cuillerées de pâtée au fond d'une boîte qui s'avéra être une cage ! J'avais beau ensuite passer la patte à travers les grilles qui retombèrent devant moi, je ne pouvais plus m'enfuir ! Et mon maître de ricaner malgré les coups de griffes que j'essayais de lui asséner à travers ce grillage ! Le supplice ne faisait que commencer quand mon maître empoigna ma cage avant de la poser sur le siège passager de sa BM… Je pouvais toujours miauler, la BM accélérait à n'en plus finir. J'étais terrifié, vous pouvez me croire, à la vue de ces arbres sur ma droite que je voyais s'écrabouiller un à un dans le pare-brise… j'en bondissais jusqu'au toit de mon horrible cage !

LECHAT : Encore un automobiliste que j'aurais bien aimé piéger en le précipitant dans un nid de poule…

TURBO : Mais heureusement cette course folle s'arrêta bientôt, quand deux motards de la gendarmerie nous prirent enfin en chasse. Ceux-ci immobilisèrent sur le champ la BM que mon maître gara dans les herbages en dehors des accotements. Bien sûr mon maître pestait contre la maréchaussée indigne de reconnaître ses grandes qualités de conducteur si jeune et si agile ! Alors nous rentrâmes d'abord à pied jusqu'à la gare avant d'attraper un train : le train, mes amis, est largement plus reposant et beaucoup moins stressant, du moins quand il ne prend pas du retard…

SATAN : Parce que ce train eut du retard ?

TURBO : Oui et nous rentrâmes fort tard dans la nuit. Vous imaginez bien que mon maître en profita pour fustiger alors les transports publics et faire l'éloge de son odieuse BM. Toujours fut-il que celle-ci lui fut confisquée plusieurs mois durant et ceci pour ma plus grande quiétude. Jusqu'au jour où celle-ci revint malheureusement devant le garage… Et je ne comptais pas en rester là… Ah, mes amis, comme je regrette à présent mon passage à l'acte… Si j'avais su que je me ferais chasser aujourd'hui-même…

BALTHAZAR : Qu'as-tu donc fait pour en finir avec cette BM ?

TURBO : Cela se passa ce matin même, mon maître démarra la BM stationnée dans l'allée du garage mais il oublia ses cigarettes à l'intérieur de la maison. Donc il laissa tourner le moteur en regagnant le domicile et en laissant la portière ouverte. Je profitai que le moteur chauffait et que la portière avant était ouverte pour m'introduire à l'intérieur de ce char diabolique. Mon intention était au départ d'arracher la clef de contact de tous mes crocs mais dès que je grimpai sur le tableau de bord la catastrophe s'enclencha… Toutes sortes de voyants s'allumèrent et des sirènes stridentes retentirent à n'en plus finir. Ma queue se hérissa et sous l'effet du stress je tombai sur le frein à main que mon maître serra trop légèrement : malheureusement le frein à main s'abaissa jusqu'au plancher et ma frayeur continua de plus belle quand la BM se mit en mouvement et que je me vis emporté avec !

Le pire restait toutefois à venir quand je tournai à peine le volant par inadvertance et que la BM percuta le mur et la boîte aux lettres : aussitôt tous les airbags se déclenchèrent ! Je me remettais à peine du choc subi que je me crus descendu aux Enfers… J'étouffais sous une fumée poivrée que vous ne pouvez même pas imaginer ! Ajoutez-y mille avertissements sonores, tous inventés par le Diable en personne : bips, sirènes, formules répétées à l'infini comme « Attachez votre ceinture ! », « Portière ouverte », « Pression d'huile non conforme ! »

Après tant de bruit et de fureur je crus voir le bout du tunnel quand la fumée se dissipa mais, — Et quel malheur ! —, mon maître arriva en hurlant… Je dus alors me faufiler entre ses jambes et la portière pour échapper à tout cet Enfer ! Souvent je le vis aussi haineux mais cette fois-ci j'étais bel et bien l'objet de sa haine. Il faut dire que c'était la seconde fois que les airbags endommageaient sa BM et le tableau de bord, abîmé par le déclenchement des airbags, dysfonctionnait pour de bon ! Je me retrouvais en tout cas bel et bien excommunié !

BALTHAZAR : La seconde fois, disais-tu ? Il y eut donc une première des airbags !

TURBO : La première fois eut lieu quelques mois auparavant. Mon maître cherchait désespérément à régler l'horloge de l'auto sur l'heure d'été. Pour cela, il s'attaqua aux réglages d'usine du tableau de bord. Mais le menu s'avéra inextricable ; à force d'appuyer sur tous les boutons, flèches avant, flèches arrière, ce fameux tableau de bord se dérégla de plus belle : phares qui s'allument, vitres qui s'abaissent, essuie-glace arrière qui s'emballe. Mon maître s'énervait tout autant. C'est alors que sous l'effet de la rage mon maître frappa le volant d'un grand coup de poing et que les airbags lui explosèrent immédiatement à la figure ! Il se retrouva donc la gueule en sang, si je puis dire comme pour nous les chats ! Sans compter la facture de réparation et de remise en ordre de la voiture, une facture qui acheva l'humeur de mon maître les semaines suivantes...

SATAN : Ton maître est aussi fanatique de sa voiture que Clovis de son fameux vase de Soissons. Les hommes jamais ne renonceront à leurs fétiches !

TURBO : J'aurais certes dû en tenir compte, mes chers amis ! Cet homme à la mine renfrognée en permanence n'avait d'affection en fait que pour cet horrible véhicule. Quant au reste, absolument rien ne trouvait grâce à ses yeux... ni les gens, ni les jeux, ni la musique ! Un ours né pour l'automobile !

LECHAT : Je n'en ferais certainement pas un ami ! Je suppose que tu as dû supporter ses innombrables ronchonnements. On se lasse de plaindre ceux qui se plaignent toujours. Tu regrettais à l'instant d'avoir perdu un maître mais moi j'en serais plutôt content !

TURBO : J'aimerais en dire autant. En tout cas, je peux déjà me réjouir de ne plus subir ses geignements sans fin. Tenez ! Pas plus tard qu'hier soir, je l'entendis littéralement beugler devant son téléviseur ; il gesticulait dans tous les sens, assis dans son canapé, tandis que moi, couché au pied de la cheminée, je subissais sa rage. La folie des grandeurs l'a pris, je vous jure ! Il se croit l'homme le plus intelligent de la Terre, le mieux placé à fustiger tous les politiciens de la planète.

SATAN : Que radotait-il donc ?

TURBO : Ha ! Mes amis, je m'en souviens encore par cœur ! Je peux vous réciter mot pour mot chacun de ses vagissements, en même temps que tout ce que j'entendis du journal télévisé !

SATAN : Cela m'a l'air piquant, raconte !

TURBO : Ce fut un véritable dialogue entre lui et la présentatrice du journal télévisé ! Le voici :

NEWS COMMENTÉES

« Sécurité routière : un décret rendra enfin les feux de croisement obligatoires le jour et non seulement par temps de pluie ; il est attesté que trois à quatre vies par an seront épargnées grâce à cette décision. La puissance des feux exigée chez les constructeurs étant passée de quarante à cinquante-cinq watts, la visibilité des véhicules n'en sera fort heureusement qu'améliorée ! Ces feux étaient déjà vivement recommandés depuis deux ans maintenant, mais désormais les conducteurs récalcitrants devront les allumer, sans quoi ils risqueront une amende de…

— Vendus ! Les bleus devront se mettre sur le

passage de ma BM avant que je les allume ! J'en ai rien à faire de vos trois ou quatre vies de patachons à sauver ! Le flic se mettra à genoux devant ma BM pour changer l'ampoule de quarante watts, moi, je ne bougerai pas d'un pouce de mon siège ! La seule chose de bien, c'est que le pétrole se consumera jusqu'à plus soif avec vos phares allumés.

— Nous allons à présent évoquer les pics de pollution du week-end. La préfecture demande aux automobilistes de réduire leur consommation de carburant ; pour ce faire, ils devront respecter les limitations de vitesse toutes abaissées de vingt kilomètres par heure à partir de demain...

— Je croyais qu'on avait le droit de polluer plus en allumant les phares le jour ! Voilà ces saletés d'écologistes qui contre-attaquent ! Je vous hais ! Et quand je le dis, c'est que c'est vrai. Vous avez qu'à construire des autoroutes plutôt que de me laisser enfumer. Vous êtes si fiers de me laisser trépigner en BM dans les bouchons ! Qu'importe, je pollue et j'en suis fier ! C'est ma vengeance !

— ...grâce à ces dispositions répétées depuis maintenant trois ans. C'est ce qu'une étude a prouvé. Il est donc avéré que le degré supplémentaire dû au réchauffement climatique sera atteint en 2063 plutôt qu'en 2061...

— Tu seras morte en 2061 ! Comment peux-tu le savoir si tu l'auras ton degré ? Vous tous, vous morflerez dès 2061 rien que grâce à moi ! Je vous f'rai pas attendre jusqu'en 2063... vous le méritez pas ! Je vous déteste tous et tous vos avortons en attente aussi ! Vous croyez donc que chaque jour je vais me priver de chauffage et de bagnole pour sauver ces petits morveux qui ne sont pas encore nés : ils auront qu'à s'y faire à la fumée ; au moins avec le réchauffement, ils paieront moins de fuel l'hiver ! Jamais je ne leur ferai d'aut' cadeau ! Au moins en polluant plus, je les fais payer dès maintenant, ces sales gosses, avant même de faire payer leurs futurs lardons ! Au sacrifice les chiards !

— Passons à la diététique et aux produits bio : une délicieuse recette venue du Nord du pays, les topinambours au raifort !

— Des recettes pour les richards, maintenant ! Au prix triple ! Moi, je suis fier de mon bide et de mes pizzas surgelées à réchauffer... et par la fenêtre les emballages, on les brûlera au jardin cet automne ! Des topinambours ! Pourquoi pas sur les pizzas, pendant qu'on y est !

— Actualités internationales : les Américains demandent la ratification du nouveau traité de libre-échange qui devrait s'appliquer en...

— Les ordures ! Je leur botterai le derrière s'ils viennent habiter la maison devant chez moi ! On va voir qui c'est le plus fort...

— Les Chinois ont réagi en exprimant leur désaccord...

— Je vais y aller en Chine, vous allez voir qui c'est qui commande et comment on bosse ! Moi, je bosse ! Les autres... fichent rien !

— Fin de cette édition. Nous passons l'antenne à la météo...

— Pourrie, comme tous les jours !

— Et aux résultats du loto !

— Enfin ! C'est plus important que ces âneries. Alors... Vais-je être riche un jour ? »

SATAN : Quelle grâce dans cette analyse de l'actualité !

Je n'imaginais pas que les humains pussent s'emporter ainsi !

LECHAT : Bêtes et méchants, ces hommes ! Comme je le dis toujours...

BALTHAZAR : À vrai dire, même ces actualités télévisées m'ont embrumé le cerveau, je vous avouerais...

TURBO : Je vous le disais, il se pense le meilleur, le plus intelligent et le plus beau. S'il a acheté sa maudite BM, c'est à vrai dire pour attirer le regard des filles... Il s'imagine que tout le monde le regarde ; certes les filles accourent vers sa voiture, encore que ce ne sont pas les plus intéressantes qui se présentent à lui... Mais quand elles toisent l'homme... inutile de vous dire qu'elles ont tôt fait de passer leur chemin !

BALTHAZAR : Le plaisir des yeux ! Celui de ton maître pour ces midinettes et le leur pour cette infâme BM !

LECHAT : Parfaitement ! Mais... Turbo, regarde ! Un chat sort à l'instant même de la fenêtre, chez ton ancien maître !

TURBO : Impossible !

14
La Guerre des Chats

TURBO 2 : Pour sûr que cela est possible puisque je m'appelle Turbo !

BALTHAZAR, LECHAT, SATAN : Comment ?

TURBO 2 : Vous avez tous bien entendu. Je m'appelle Turbo et ceci depuis ce jour-même. L'homme à la BM vient d'accepter de me laisser entrer chez lui et mon nom sera désormais Turbo !

TURBO : J'en reste bouche-bée ! Quelle impudence ! Me voler tout : ma pitance, mon logis… jusqu'à mon nom ! Je ne me laisserai pas faire !

TURBO 2 : C'est ce qu'on verra… Mais je vois que vous disposez d'un poulet entier ; ces messieurs seraient-ils partageurs ?

BALTHAZAR : Cela ne te suffit pas d'usurper le nom de notre ami Turbo, il te faut donc aussi dévaliser ses amis ! Mais… qui donc se faufile dans les buissons ?

CHE : Ne te laisse pas impressionner, mon cher Turbo ! J'en connais déjà deux parmi eux. Ce ne sont pas eux qui joueront les fiers-à-bras ! On ne fera pas dans le socialisme ! Ce soir, il n'y aura donc pas de ticket de rationnement. Au fort comme un coq, le poulet ! Nous sommes deux contre quatre, Turbo ! mais n'aie crainte ! Vu leur piètre musculature, nous les vaincrons aisément !

BALTHAZAR : Revoilà donc notre Che, le chat de la gauchiste ! Ainsi donc romps-tu le pacte de non-agression ! Soit, qu'il en soit ainsi ! Battons-nous ! Vous assumerez les conséquences de vos offenses !

TURBO 2 : Tu connais donc ces mauviettes, cher Che ?

CHE : Je les eus connues... Un intello à la face plate nommé Balthazar et un chat qui se fait appeler le chat. Ridicule, non ? Nous aurons le dessus, crois-moi !

LECHAT : Quel toupet ! Dire que nous étions en sa compagnie il y a seulement quelques heures ! Bavarder avec nous pour mieux nous trahir ensuite ! Jamais je ne te laisserai ce poulet, Che ! On me traitera de matérialiste mais qu'importe ! J'assume, n'en déplaise au sage Mahayana ! Quant à toi, le faux Turbo, nous saurons te faire dégager d'ici !

SATAN : À moi le premier coup ! Tiens, prends-ça en pleine figure !

LECHAT : Et ça ! Au stalinien, de la part de la mauviette !

BALTHAZAR : Et ce royal coup de griffes pour notre conspirateur ! Ah ! Au secours, mes amis ! Le faux Turbo m'attaque !

TURBO 2 : Toi, je te reconnais, tu es le chat du château... On m'y a chassé l'autre jour pour pouvoir y passer la tondeuse ; vous tenez à rester en famille ! Je cours te donner une leçon... Déjà je ne risque pas de t'aplanir davantage la face !

BALTHAZAR : Charmante réflexion venue d'un chat de gouttière !

TURBO 2 : Un chat persan qui finit en chat percé, c'est mon plus grand rêve ! Quant à toi, Che, massacre-le, ce chat sans nom ! Au moins personne ne s'en souviendra !

TURBO : L'usurpateur, je m'occupe de toi…

TURBO 2 : Sois sûr, ex-Turbo, que la prochaine fois que mon nouveau maître fera chauffer sa BM dans son garage, je me ferai un plaisir de t'y pousser et de t'y enfermer pour de bon !

CHE : Voici mon coup de patte, l'anonyme ! Pas de vagabond chez nous les gauchistes ! Et ça t'apprendra à margotter chez ma voisine durant ses chaleurs ! Ton incursion chez Siamantha n'est pas passée inaperçue, crois-moi, après notre entrevue… Mais si chez Siamantha tu ne trouvas pas ton bonheur, un bon coup dans le derrière saura te consoler !

LECHAT : Tu nous espionnais donc ! Je te trouve désormais aussi aimable qu'elle !

SATAN : Je viens à la rescousse, les amis ! Mais… Ah ! Un chien !

BALTHAZAR, LECHAT : Le chien !

CHE, TURBO 2 : Sauve qui peut !

SATAN : Je n'ose combattre plus longtemps ! Mes pauvres amis, je capitule mais ce n'est qu'un au-revoir ! Nous nous reverrons, je le jure !

TURBO : Je te suis, Satan ! Tu seras mon mentor ! Au revoir, mes pauvres amis !

BALTHAZAR : C'est le chien que nous avons enfermé dans la propriété, on l'a donc libéré !

LECHAT : Mes crocs, oui ! Après m'avoir volé mon bol de lait !

BALTHAZAR : Qu'importe, Lechat ! Ce chien est désormais de notre côté… Regarde ! Il court après Che et le faux Turbo. Ils ne font plus les malins.

LECHAT : On ne les verra donc plus, ces deux malfaiteurs !

BALTHAZAR : Heureusement qu'ils se sont enfuis dans la direction opposée à celle de Turbo et de Satan… Au moins il ne leur arrivera plus aucun mal ! Mon châtelain de maître m'avait bien dit de me méfier des gauchistes : en matière d'anticommunisme primaire, on prêche aujourd'hui un converti !

LECHAT : Ah, les gauchistes ! Toujours à parler de révolution mais toujours méprisants envers les vrais pauvres chats comme moi ! Enfin, nous nous retrouvons seuls les deux mais dans un piètre état cette fois, il faut bien l'avouer…

BALTHAZAR : Mon pauvre Lechat, tu as en effet pris un bon coup de griffe sur le nez ! Je m'en vais te consoler par une histoire plutôt railleuse : le dialogue romancé de deux célébrités humaines de la Grèce Antique, cela te fera oublier ces fâcheux évènements et te changera les idées :

ÉROSTRATE ET PYTHAGORE

PYTHAGORE : Si ce n'est pas honteux que la postérité retienne ton nom ! Un malfaiteur comme toi !

ÉROSTRATE : Certes ! Mais c'est ainsi ! Célèbre j'ai voulu être et célèbre je suis.

PYTHAGORE : Incendier le Temple d'Artémis pour

se rendre célèbre. Réduire en cendres l'une des Sept Merveilles du Monde ! Quel acte barbare !

ÉROSTRATE : Peut-être mais j'ai gagné la célébrité et vous les ruines !

PYTHAGORE : Tu n'avais donc pas d'autre motivation que d'aspirer à la célébrité ! Ton nom, jamais je ne le prononcerai.

ÉROSTRATE : Tu ne le prononces pas, certes, mais jamais tu ne l'oublieras ! Tu l'auras toujours sur la langue ! Les Grecs pensaient bien me punir en interdisant qu'à l'avenir on citât mon nom mais aucun d'entre eux ne l'oublia. Et les enfants si malicieux eurent tôt fait de le chuchoter dans la cour d'école pour que des millénaires plus tard tout le monde s'en souvînt !

PYTHAGORE : Tout le monde, c'est beaucoup dire ! Seuls quelques érudits connaissent ton nom, crois-moi !

ÉROSTRATE : Mais qui se souvient du nom du bâtisseur du Temple ? Personne ! Donc en incendiant le Temple, j'ai bien réussi mon affaire !

PYTHAGORE : Nul besoin de détruire pour accéder à la gloire. Ai-je donc détruit quoi que ce soit pour devenir illustre ? Avoue que je mérite davantage ma réputation que toi ! Aucun théorème, à ce que je sache, ne porte ton nom à ce jour !

ÉROSTRATE : Tu n'as certes rien détruit mais pour ce qui est de construire…

PYTHAGORE : Qu'insinues-tu donc ?

ÉROSTRATE : Ne me fais pas croire que tu inventas le théorème qui porte ton nom ! Chacun sait désormais que le théorème dont tu serais soi-disant l'auteur existait à Babylone des siècles avant toi ! Et sa démonstration n'en reviendrait qu'à ton successeur

Euclide, tu dois bien le reconnaître !

PYTHAGORE : Mais qui te dit qu'Euclide n'a pas simplement recopié la mienne ? Ce n'est pas parce qu'on a perdu mon œuvre écrite que l'on doit me retirer tout le prestige de la démonstration de mon théorème !

ÉROSTRATE : Je n'ai aucune preuve de ce que tu m'avances ! Nous sommes donc bien pareils ! Célèbres, l'un pour avoir détruit l'œuvre, l'autre pour en avoir usurpé le titre !

PYTHAGORE : Les innombrables applications de mon théorème ne sont en tout cas plus à démontrer et ceci suffit à mériter ma gloire !

ÉROSTRATE : Que reste-t-il donc de ton travail ? Nous n'en dirons pas plus à propos de ton école et de sa mystérieuse quintessence : le monde a préféré oublier tes sornettes pour finalement ne retenir de toi qu'un unique théorème !

PYTHAGORE : Quelle impertinence ! Saccager un temple ne te suffit donc pas ! Il te faut également détruire le fruit de mes recherches spirituelles !

ÉROSTRATE : Toujours est-il que le monde s'en moque éperdument depuis.

PYTHAGORE : Mon nom restera de sûr plus souvent cité que le tien car mon théorème est utile contrairement à ton incendie !

ÉROSTRATE : Au pays du mensonge, un rien vous fait célèbre ! Au moins suis-je quant à moi célèbre pour une œuvre dont je suis l'auteur réel, fût-elle destructrice !

LECHAT : Merci, Balthazar, de m'avoir conté cette comédie. Tes Érostrate et Pythagore ne me paraissent guère plus recommandables que nos deux agresseurs mais au moins ces deux hommes prétentieux sont-ils morts et enterrés depuis longtemps ! Pour changer de sujet, pardonne-moi d'être trivial, mais dans notre malheur nous avons au moins sauvé l'essentiel : notre poulet est intact et bientôt complètement décongelé ! Il a parfaitement survécu à cette guerre ! Depuis le temps que je m'apprête à le déguster… Nous allons pouvoir enfin…

BALTHAZAR : Je t'arrête, mon cher Lechat, car j'entends qu'une nouvelle intrusion se prépare dans les buissons !

LECHAT : Qui donc ? Che ? Le faux Turbo ? Le chien ?

BALTHAZAR : Rassure-toi, c'est une dame !

LECHAT : Siamantha ?

15
Mère de famille

CYBÈLE : Cybèle pour vous servir ! Et vous deux, qui êtes-vous donc ?

BALTHAZAR : Je me présente : Balthazar, chat royal persan ! À mon côté, mon camarade Lechat… tout simplement !

LECHAT : Je vous trouve si belle !

CYBÈLE : C'est également ce que dit de moi ma maîtresse Vinciane.

BALTHAZAR : Vinciane ? Quel étrange prénom ! Pardonne-moi mais on le croirait tout droit sorti d'une histoire belge !

CYBÈLE : Tu ne crois pas si bien dire ! Puisque ma maîtresse est d'origine belge et que son prénom est celui d'une sainte du Limbourg ; d'ailleurs, les Flamands ont jadis emporté sa wallonne dépouille jusqu'à Gand et dès lors chacun de ces Flamands la vénère jalousement dans cette ville !

LECHAT : Ta maîtresse est donc enterrée en Flandre !

CYBÈLE : Mais non ! Sainte Vinciane repose à Gand. Ma maîtresse, elle, est complètement vivante, rassurez-vous ! Et pas encore sainte, croyez-moi !

BALTHAZAR : Mais que vois-je ! tous ces chatons qui

accourent… seraient-ils tes enfants ?

CYBÈLE : Bien sûr ! Je vous présente mes quatre petits de cette année !

LECHAT : De cette année ? Parce que tu en as d'autres ?

CYBÈLE : Bien sûr ! Et quatre par an, s'il vous plaît !

BALTHAZAR : Que de chats sur terre ! Tes rejetons, une fois qu'ils auront grandi, vont s'allier tous à ravager nos territoires de chasse, pires qu'un cyclone…

CYBÈLE : Vous serez bien obligés de subir la loi de la concurrence, mes pauvres ! Oui, un cyclone ! D'ailleurs je les nomme comme les cyclones… dans l'ordre alphabétique ! Je vous présente Xanthia, Yahvé, Zimbabwe et Alien, respectivement mes vingt-quatrième, vingt-cinquième, vingt-sixième et vingt-septième enfants !

XANTHIA, YAHVÉ, ZIMBABWE, ALIEN : Miaou ! Miaou !

LECHAT : Que d'étranges noms pour des chatons !

CYBÈLE : Xanthia car elle s'agitait comme une tempête dès le jour de sa naissance ; Yahvé car je l'adore tellement qu'il est comme un dieu pour moi… Zimbabwe, parce que j'aimais bien ce nom que j'ai trouvé dans le dictionnaire de ma maîtresse… Et enfin Alien, car avec sa face bizarre, il me fait penser à un extraterrestre !

BALTHAZAR : Leur père a-t-il contribué au choix de leurs noms ?

CYBÈLE : Oh, il n'a pas eu son mot à dire. Je suis comme ma maîtresse, voyez-vous ! Chez nous, le mâle n'a pas son mot à dire. Comme elle, je choisis de préférence les mâles qui restent sous ma coupe et qui ne sortent que pour me ramener à manger ; hors de question de les laisser revoir leurs anciens camarades, voire pire, leurs anciennes conquêtes ! Je suis trop jalouse pour laisser mon chat s'éloigner ! Sinon, dehors, ouste !

BALTHAZAR : C'est une véritable assignation à résidence ! Pour moi qui redécouvre la liberté, je ne souhaiterais en aucun cas m'installer avec toi, pardonne-moi !

LECHAT : Renoncer à mes escapades pour satisfaire une épouse aussi possessive, non merci !

CYBÈLE : Vinciane est pareille à moi : de tout homme elle fait son boy ! Dès qu'elle en rencontre un, pour ne pas éveiller ses soupçons, elle consent au début à inviter ses amis puis laisse passer le temps, quelques allusions, quelques critiques infusées en douceur et bientôt elle le convainc d'oublier ses anciennes fréquentations, puis, tout comme moi, elle finit par les faire éjecter !

Quant aux amies féminines, elle n'y voit que de redoutables concurrentes qu'elle ne songe qu'à évincer dès que possible... Quelques insinuations à leur propos, lui faisant comprendre qu'il n'a pas vu qu'il se laissait insidieusement séduire et Monsieur dépose les armes : Monsieur ne quittera plus la maison de Madame ! Il est alors, comme je vous l'ai dit, son boy qui n'ose plus la contredire ; il taillera les haies du jardin, montera les murs en ciment et suera à grosses gouttes s'il tient à rester le soir auprès d'elle !

LECHAT : Y a-t-il tant d'hommes serviles sur terre, prêts à se sacrifier pour elle ?

CYBÈLE : Vous n'imaginez pas le nombre d'hommes

ayant accepté leur sort d'esclave ; par crainte de la solitude, les hommes sont prêts à tout... Comme vous les chats avec moi, hé !

BALTHAZAR : Il n'en sera rien pour moi ! Mieux me chaut Siamantha qu'une geôlière !

CYBÈLE : Ne me citez jamais de prénom de chatte devant moi, sinon de chatonne ! Et ne me présentez pas celle-là ! Ou je la chasserai sur le champ ! Je suis comme Vinciane, les mâles comme vous, je m'en méfie également et donc ne croyez pas que je vous laisserai approcher le père de mes enfants de ce nouveau millésime ! Je sais bien que vous ne vous gêneriez pas pour me le débaucher jusqu'à le conduire vers d'autres chattes comme cette... cette...

LECHAT : Siamantha !

BALTHAZAR : Mais quelle importance puisqu'à chaque millésime tu changes de géniteur, à ce que tu nous as toi-même avoué ?

CYBÈLE : Certes je change de géniteur mais le géniteur, j'en fais mon choix personnel et gare au géniteur qui me quitterait ; je tire un point d'honneur à ce que ce soit moi qui le chasse de notre demeure et non lui qui décide à se sauver !

LECHAT : Tu es une chatte bien trop dominatrice pour moi. Je reste un chat fier...

BALTHAZAR : Je ne t'ai pourtant guère trouvé fier face à Siamantha...

LECHAT : Comment peux-tu dire ça ? Je suis un vrai haret et je pense l'avoir suffisamment prouvé !

BALTHAZAR : Pas en toutes situations !

LECHAT : Comment ?

CYBÈLE : Voilà mes deux braves qui se chamaillent ; oui, riez mes enfants ! Ne suivez pas l'exemple de ces deux célibataires endurcis, juste bons à se quereller !

BALTHAZAR : Nous en prenons pour notre grade !

XANTHIA, YAHVÉ, ZIMBABWE, ALIEN : Miaou ! Miaou !

BALTHAZAR : Que de chatons... Pardonne-moi, mais peux-tu vraiment les nourrir tous ?

CYBÈLE : Oh ! Je les bichonne et les comble, ne t'inquiète pas pour eux... Mère depuis des lustres, j'ai l'habitude, vous savez... Et je sais qu'une fois devenus ados ils ne manqueront pas de jouer les turbulents ! Tout petits... je leur donne toujours raison car ils sont alors si mignons... Mais au terme d'une année, ils prennent bien trop leurs aises de chatons-rois et en général je finis par craquer et ne plus les supporter ; c'est alors que je pousse ma Vinciane à les vendre...

BALTHAZAR, LECHAT : Les vendre ?

CYBÈLE : Bien sûr, j'entretiens ainsi les recettes du foyer, voyez-vous ! puis, en vue de l'année suivante, je m'en vais chercher le nouveau mâle pour relancer notre affaire, à nous deux, Vinciane et moi !

XANTHIA, YAHVÉ, ZIMBABWE, ALIEN : Miaou ! Miaou !

LECHAT : De futurs Lechat voués au vagabondage !

BALTHAZAR : Mais... Mais... arrête donc de me donner des coups de griffe ! Cela ne se fait pas !

CYBÈLE : Laisse-le faire, voyons ! il s'amuse ! Yahvé est en pleine forme aujourd'hui ! Vous vous y ferez… Il faut être libéral de son temps… Il faut bien que les chatons s'épanouissent dans le monde actuel… C'est ça, l'éducation moderne ! Viens, mon Yahvé ! Que je te colle une pastille verte sur la queue…

YAHVÉ : Miaou !

LECHAT : Une pastille verte ?

CYBÈLE : Dès qu'un de mes chatons remplit une compétence, je lui colle une pastille verte… C'est de la discrimination positive ! Le soir, il aura droit à une tétée de plus…

BALTHAZAR : Pour m'avoir griffé ?

CYBÈLE : Bien sûr ! Il a prouvé ses compétences de futur chasseur et mérite donc une récompense.

LECHAT : Au secours, Xanthia est en train de se noyer dans la baignoire !

CYBÈLE : Laisse-la faire ! C'est dans ce contexte qu'elle va apprendre à nager ! Mon ex Célestin m'en a convaincu ; une fois revenue parmi nous, elle aura sa pastille verte aussi… comme tous mes petits !

BALTHAZAR : À quoi te servent les pastilles vertes si tu les colles à tous ?

CYBÈLE : Il faut bien leur faire croire qu'ils sont tous excellents. Tout le monde réussit chez moi.

LECHAT : Mais Xanthia coule…

CYBÈLE : Mais non ! Elle apprend l'apnée ! Toute seule

comme une grande, c'est la pédagogie moderne !

BALTHAZAR : Ne vous inquiétez pas ! Je viens de tirer le fil de la bonde avec mes crocs. Elle est tirée d'affaire...

LECHAT : Bravo Balthazar ! Une minute de plus et c'en était fait d'elle.

CYBÈLE : Voilà ! De votre faute, elle n'aura pas battu son record d'apnée ! Il fallait la laisser encore dans l'eau ! Vous n'y connaissez rien en éducation ! Tiens voilà ton point vert, petite !

LECHAT : On a frôlé la pastille rouge...

CYBÈLE : En fait, ne leur dites rien ! Je ne leur colle jamais de pastille rouge ! Que des pastilles vertes et en toutes circonstances !

BALTHAZAR : Très instructif pour les faire progresser !

CYBÈLE : L'essentiel est de leur faire croire qu'ils sont égaux et s'en sortiront tous ! Je tiens cette pédagogie bienveillante, lumineuse et moderne d'une autre chatte du quartier, une chatte d'origine allemande, Naja la Belle Katze, comme elle aime à se faire appeler. Ces idées sont tellement positives que personne n'oserait la contredire... Nous éduquons tous désormais nos chatons ici sous l'enseigne de l'école de la confiance ! La bienveillance est notre maître-mot et, croyez-moi ! j'y crois moi-même !

LECHAT : C'est la pédagogie des dégâts à venir !

CYBÈLE : Une fois mes chatons vendus, ce n'est plus mon problème... J'ai alors bien d'autres chats à fouetter ! Je mène moi-même ma barque et eux mèneront la leur de leur côté !

BALTHAZAR & LECHAT : Nous avions bien compris !

CYBÈLE : En fait, c'est la foi du charbonnier qui vous manque ! Il vous faut savoir faire preuve de naïveté, même dans le malheur. À ce propos, j'ai une curieuse histoire à vous raconter ; elle provient de ma Vinciane de maîtresse…

YAHVÉ, ZIMBABWE, ALIEN : Miaou ! Miaou !

CYBÈLE : Attendez, mes chéris ! que je leur raconte mon histoire…

LE PSYCHIATRE-PSYCHANALYSTE

C'est en donnant des cours de clavecin que Vinciane fit connaissance avec Georges-Albert Lémir, un psychiatre de renom dans notre région. Ayant brillamment obtenu son doctorat en psychiatrie, sa réputation ne fit que croître autour de lui, mais il préféra vite s'adonner à la sacro-sainte psychanalyse, un art qui allait le propulser sur la scène internationale.

À cet effet, il ne tarda pas à faire graver sur sa plaque la mention « psychiatre-psychanalyste » ; pour ce faire, il lui suffit de s'autoproclamer psychanalyste lors d'un colloque, devant tout un parterre de confrères, sans que personne ne s'en offusquât alors ! Les mauvaises langues tentèrent bien de faire fuiter çà et là la véritable source de son savoir, affirmant avec malice que, s'il passa réellement sur le divan du Grand Maître Psychanalyste de l'époque, ce fut surtout les fois où la fille de ce dernier s'y allongea en premier… Toujours est-il que les liens étroits qu'il entretint avec cette sommité de la Psychanalyse eurent tôt fait de le convaincre de lui succéder au plus vite !

Ce qui finit par arriver quand il osa s'attaquer au mal de son siècle, l'autisme…Trouvant l'origine de ce mal dans la culpabilité œdipienne des mères, il les qualifia toutes avec aplomb de pires mères qui fussent au monde. Il se comportait alors comme un agent double : en promettant à ces mères la guérison de leurs enfants sur le divan, il feignait de compatir à leur douleur, tandis qu'en même temps il leur administrait de miraculeux comprimés… Mais s'il soignait aussi ces mères, son œil de juge les désignait avant tout comme coupables.

Les séances de notre éminent Lémir pour soigner ces autistes firent grand bruit par la suite : on parla de panacée psychique du siècle ! Son slogan tonitruant fit date : « La Parole est l'Appât-Rôle ! » ; sa théorie, fort complexe selon les initiés, mentionnait l'importance thérapeutique des activités créatrices visuelles pour les autistes. À cet effet, on citera cette autre phrase-clef devenue célèbre : « Dessiner, c'est le langage des Innés, c'est-à-dire des Non-Nés par leurs mères car leurs mères leur refusèrent une vraie naissance, vraie naissance qui ne peut se faire que par la reconnaissance de leur papa ! »

Et donc il soignait ses autistes par des séances créatives de dessin et de pâte à modeler. Vinciane recueillit un jour cette confidence d'une mère qui lui explicita les méthodes révolutionnaires de ce sauveur. Celle-ci lui rapporta les propos de Lémir adressés à son fils :

« Continue de presser la pâte à modeler ! C'est bien ! Et maintenant regarde ce que tu as fait ! Regarde cet ogre féroce que tu as monté… C'est ta maman ! » Certes l'enfant hurla mais Lémir ne se démonta pas, poursuivant : « Oui, hurle ! Tu guériras ! Vois comme ta maman est un monstre ! Sais-tu, petit, pourquoi tu es psychotique ? » Face au silence de l'enfant apparemment calmé par ces mots, il lui fournit comme réponse une autre de ses phrases-clefs que l'on retrouve dans les publications que beaucoup connaissent : « Parce que Psy qu'ose Mama ment ! » Puis, l'enfant grommela des paroles incompréhensibles auxquelles il répondit : « Mur ! Mur ! Face à l'Amère ! » Ainsi naquit l'École Lémirienne ! Et sa fortune grandit...

Dans le château du XVIe siècle qu'il s'acheta peu après son ascension, il proposa des séjours destinés à tout un groupe de patients issus d'une clinique spécialisée en soins psychanalytiques, soins également administrés à des autistes. L'affaire était rentable car il n'hésitait pas à faire régler les frais de bouche, le chauffage, l'électricité et j'en passe, à la clinique pour que le château ne lui coûtât plus un sou de plus. Il n'était pas peu fier de cette résidence secondaire, bien qu'il eût à supporter ces autistes de passage plusieurs semaines par an...

Cependant l'argent amassé grâce à ces séjours ne lui suffit plus et donc il proposa de nouveaux stages à de nouveaux patients ; son château s'ouvrit alors aux dépressifs et autres gens à la dérive... Ce fut le divan pour tous, dans une optique incontestablement égalitariste ! « Un papillon sommeille en chacun de vous ! Vous êtes des chenilles qui refusez de devenir papillons ! Allongez-vous chacun sur le Grand Divan et vous prendrez votre envol pour la liberté ! » Nombreux furent alors ses adeptes, tantôt des végétariens, tantôt des déçus du New Age... Il fallait alors réserver longtemps à l'avance ce week-end à prix d'or pour parvenir au château de toutes les éclosions ! Cependant les autistes restaient son principal Pactole : Lémir veillait à ne point se faire oublier par eux... Aussi accorda-t-il de nombreuses interviews, afin que le flot de mères d'enfants autistes ne tarît jamais dans son cabinet en ville !

Le divan pour les autistes, oui ! Mais point de divan par contre pour son épouse, trop apathique à son goût ! Appliquer le principe de l'attention flottante, principe suprême de la science psychanalytique, lui fut déjà difficile du temps de la fille du Grand Maître... alors l'appliquer à sa propre épouse, pensez-vous ! Toujours est-il qu'il réussit à convaincre sa patiente d'épouse que sa science freudienne jamais ne pourrait permettre sa guérison de surcroît, comme on dit dans le jargon... Après les mères d'autistes, ce fut donc le tour de son épouse de bénéficier des traitements de la chimie allopathique :

« Comme tu es fatiguée ! Viens vers moi que je te donne ton comprimé !

— Mais, Georges-Albert, je viens de le prendre il y a une heure ! lui rétorqua sa douce épouse.

— Certes, mais il ne fait déjà plus effet, tu ne t'en rends même pas compte, ma pauvre chérie ! Ne t'inquiète pas ! Je suis là auprès de toi pour prendre soin de ta santé mentale ! »

Titubant comme une alcoolique, elle vous donnait d'une voix lente et pâteuse le bonjour du soir ou le bonsoir du matin, puis passait devant vous comme une vagabonde d'une pièce à l'autre de leur grand appartement, presque sans entendre les arpèges de clavecin que jouait leur fille ! Ce fut en effet lors des quelques cours particuliers de clavecin qu'elle donna à leur fille que Vinciane fit la connaissance de cette épouse devenue fantôme...

Souvent elle surprenait le spectre de cette femme en train de fouiller les tiroirs des commodes, en quête de ces pilules porteuses de bonheur que son mari lui réservait....

jusqu'à ce qu'elle mît la main dessus et s'en retournât se coucher au lit ! Parfois trouvait-elle un semblant de force pour se rendre à l'épicerie au coin de la rue mais très vite elle en revenait. Et durant toutes ces heures musicales, Vinciane ne croisa guère Lémir. Celui-ci aussi ne faisait que passer, regagnant le plus souvent son cabinet quand il ne sortait pas accompagné d'une jeune et jolie dame. Vinciane finit bien par repérer ce manège depuis l'une des fenêtres...

Puis vint le jour fatidique où Lémir fit croire à sa femme qu'il partait pour une semaine de stage à New York, tout en lui précisant qu'il serait accompagné d'un confrère qui s'avéra être une consœur car c'était sa maîtresse ! Avant de quitter le domicile conjugal, Lémir souhaita un long repos à sa triste épouse, mais cette dernière, en sueur car en manque de ses pilules, se décida à prendre le tramway en direction de l'aéroport et à rejoindre son mari à temps pour obtenir de sa part une nouvelle ordonnance ! Une fois arrivée, elle se hâta de le retrouver mais il n'était pas encore entré dans le terminal où elle se trouvait. Donc elle ressortit du hall, l'aperçut soudainement au dehors avant de courir vers lui : « Chéri, mes pilules ! Je n'en ai plus à la maison ! » Elle se précipita donc sur les rails juste avant de se faire écraser par le tramway qui passa malencontreusement au même moment.

« Mon sauveur ! » furent les derniers mots qu'elle murmura à l'adresse de son époux, tandis que celui-ci la contemplait d'un regard de médecin légiste ; dans le même temps, sa maîtresse lui enlaçait les hanches sous les yeux de l'agonisante dont les yeux affolés se fermaient déjà.

Sitôt la pauvre épouse enterrée, notre psychiatre dut

se résoudre à épouser sa belle et jeune conquête, si prompte à rompre le veuvage. Mais il ne tarda pas à se lasser de ce remariage ; au premier coup de fatigue qu'elle manifesta, il n'hésita pas à lui administrer un petit calmant afin qu'à son tour elle en découvrît les bienfaits.

« Ne conduis pas, chérie ! Une fois guérie, tu pourras faire le tour du monde, bien sûr ! mais, pour l'instant, épargne-toi ! Évite les efforts ! » Et lentement la deuxième épouse sombra en permanence dans les bras de Morphée comme Eurydice descendit aux Enfers ! Puis Lémir succomba aux charmes d'une nouvelle patiente ! Bien sûr il trouva sa seconde épouse encombrante et donc il se décida à la faire interner à l'Unité Psychiatrique de la région. Loin des ébats de son mari, elle se retrouva enfermée dans une petite cellule bien capitonnée. Sa vie s'interrompit brutalement tout de même le jour où elle se frappa la tête contre les murs ! Il faut dire qu'un clou dépassait dans le capitonnage, clou qui signa son arrêt de mort ! Notre psychiatre ne se gêna pas pour convoler guère après l'enterrement de sa deuxième épouse, tout en continuant le commerce de son divan comme de ses pilules.

Georges-Albert Lémir sévit toujours à cette heure...

LECHAT : Quelle affreuse histoire ! Je ne serai jamais un bon charbonnier...

CYBÈLE : Mais reconnaissez que chacune de ses épouses aura vécu heureuse en gardant foi en lui jusqu'à la mort... C'est bien cela qui compte ! Alors... qu'elles se soient fourvoyées dans toutes ces balivernes... Quelle importance !

BALTHAZAR : Bonheur et clairvoyance ne font pas toujours bon ménage, surtout si l'on ne veut pas finir dans le mur ou sous le tramway !

YAHVÉ, ZIMBABWE, ALIEN : Miaou ! Miaou !

LECHAT : Ah ! Mais je sais ce qui les excite tant… C'est notre poulet !

BALTHAZAR : Tu as raison, soyons généreux ! Tenez, les tout petits, voici un bout de…

CYBÈLE : Stop ! Mais vous êtes fous ! Donner du poulet industriel à mes enfants ! Mais vous n'y pensez pas !

LECHAT : Ils ne sont tout de même pas bio, ni vegan, ces chatons ?

CYBÈLE : Le gluten ! Pensez au gluten ! Et si l'un de mes quatre chatons avait le malheur d'être intolérant au gluten, y avez-vous pensé ?

BALTHAZAR : Comment veux-tu qu'il y ait du gluten dans ce poulet ?

CYBÈLE : Tous les produits humains sont contaminés au gluten ! Regardez les emballages… « Traces de gluten possibles » ! Rendez-vous compte ! Pour nous alimenter, Vinciane ne se rend que dans les boutiques spécialisées !

LECHAT : Une petite diarrhée, ça n'a rien de méchant…

CYBÈLE : Veux-tu donc déshydrater mes petits ?

BALTHAZAR : De toute façon, ils seront vendus d'ici l'année prochaine…

CYBÈLE : Justement ! Ils doivent rester vendables ! Venez, les enfants, suivez-moi et laissez ces malotrus où ils sont !

BALTHAZAR : Je ne me ferai jamais à ce modernisme dernier cri, que ce soit en matière d'éducation ou de gastronomie… Quittons donc cet endroit, Lechat ! si tu le veux bien…

166 LA NUIT DES CHATS

BALTHAZAR : Je ne me ferai jamais à ce modernisme dernier cri, que ce soit en matière d'éducation ou de gastronomie… Quittons donc cet endroit, Lechat ! si tu le veux bien…

16
Un Winner et deux perdants

LECHAT : Mais qui vient donc nous rejoindre à l'instant ? N'est-ce pas cette vieille canaille de Winner qui accourt fièrement vers nous ?

BALTHAZAR : Avec pareil surnom, il ne doit pas avoir perdu la tête !

LECHAT : Oh ça non, tu peux me croire ! S'il lui est arrivé un malheur il y a quelque temps à ce que l'on raconte à son propos, je peux t'assurer que ce chat a su retomber sur ses pattes ! Et comme tu peux t'en rendre compte, il arrive toujours au meilleur moment… quand la bataille est finie !

WINNER : Chers amis bonsoir ! Mais ne serait-ce pas ce bon vieux baroudeur de Lechat que je vois devant moi ?

LECHAT : En personne ! Un baroudeur toujours prêt pour le baroud d'honneur avec un Winner !

WINNER : Toujours aussi percutant, ce sacré Lechat ! Et celui qui sied à tes côtés… À qui ai-je donc l'honneur ?

LECHAT : Il s'appelle Balthazar, il habite une maison à deux pâtés d'ici.

WINNER : Heureux de faire connaissance ! Je m'appelle donc Winner… Même dans le malheur, j'y fais mon bonheur. Si cela vous intéresse, je vous ferai part de tout ce qui m'est arrivé cette année.

BALTHAZAR : Nous sommes tout ouïes !

WINNER : Alors même que je n'étais qu'un jeune chaton, j'eus la chance d'être apprivoisé par un couple de jeunes mariés prénommés Victorine et Bernard-Arnaud. Ils venaient tout juste d'emménager dans un loft au septième étage d'une grande barre qui ressemblait en tout point à un HLM... à l'exception de son emplacement et des marbres plaqués de la cage d'escalier... Ce loft était en effet situé dans l'un des quartiers les plus chers de l'agglomération... mais c'était un quartier tout aussi pauvre en attractions qu'un quartier HLM ! Du balcon d'où je surplombais les alentours, tout m'apparut comme un véritable désert où l'on ne croisait aucun piéton puisque les résidants n'entraient ni ne sortaient de chez eux qu'à bord de leur automobile ! Je ne vis jamais la tête de qui que ce soit au dehors puisque la porte du parking souterrain s'ouvrait automatiquement dès l'approche d'une voiture.

Victorine et Bernard-Arnaud n'étaient pourtant pas peu fiers de leur achat... Tous deux venaient de terminer leurs études lorsqu'ils me recueillirent chez eux. Lui, s'engagea comme ingénieur dans l'une des plus prestigieuses multinationales où il put faire ses armes avec dynamisme. Souvent il partait de tôt matin pour se rendre à l'aéroport où il se faisait littéralement scanner aux rayons X des heures durant, avant de se rendre vers de lointaines contrées où le commerce attendait son serviteur...

Quant à elle, complètement investie dans les télécommunications, elle s'engagea dans une autre grande entreprise internationale où elle put exercer tous ses talents en marketing et gestion du personnel, un personnel qu'elle se plaisait à nommer par l'expression « Nos ressources humaines » ! Mais sa situation à elle ne semblait pas lui suffire. Lors de ma première année à vivre en sa compagnie, elle ne prit guère le temps de me bichonner, pressée qu'elle était, en rentrant du travail, de se plonger dans ses grammaires et lexiques de japonais…

BALTHAZAR : De japonais ! Ta maîtresse est-elle donc également une passionnée de haïkus ?

WINNER : Aucunement ! Elle ne travaillait le japonais avec autant d'acharnement que dans le but de décrocher son certificat de maîtrise de la langue japonaise, un titre qu'elle finit par obtenir dans un institut privé ! Elle lut nuit et jour ses livres en prenant des notes pendant une année entière pour atteindre son objectif. Ce n'est que l'année suivante qu'elle se décida cette fois à étudier le marketing assisté par ordinateur avec tout autant de ferveur ; ses efforts furent vite récompensés puisqu'elle obtint au sein de son entreprise le poste de directrice adjointe dans les bureaux locaux de la filiale asiatique…

LECHAT : Et son mari ? Sais-tu ce qu'il faisait loin de chez toi ?

WINNER : Son mari ? Il découchait régulièrement à Hong Kong. Détaché de son entreprise au service Communication et Contentieux, il rêvait durant toutes ces années d'obtenir une promotion à Singapour, où vous trouverez exactement les mêmes services qu'ailleurs mais en plus cher et donc en mieux à ses yeux ! Sans parler du climat, ces villes n'ont rien à envier aux métropoles américaines… mêmes gratte-ciel, même pollution, mêmes publicités, mêmes enseignes. Enfin, je vous rapporte ce que Victorine me fit deviner, elle qui était accrochée en permanence à son téléphone !

Toujours est-il que chacun travailla de son côté pour décrocher la promotion dont il rêvait, jusqu'aux frontières du burn-out ! Un des rares jours de cette année où ils se trouvèrent ensemble dans notre appartement, je ne les entendis que peu... Tandis que je terminais ma longue sieste crapuleuse, je les vis chacun s'affaler presque aussitôt après leurs retrouvailles ! Elle sur le canapé, s'assoupissant sur ses dossiers. Lui à moitié groggy, endormi sur le transat du balcon.

Ce fut en fait la dernière fois que je les vis ensemble ! En effet, quelques semaines plus tard, elle rentra seule. Le soir tombait et elle semblait éreintée comme à son habitude. Ce fut alors qu'elle sortit le chargeur de son iPhone du tiroir de la commode mais, morte de fatigue, alors qu'elle flânait sur le balcon, elle échappa le chargeur de ses mains, chargeur qui s'écrasa quelques dizaines de mètres plus bas sur le pavé. Une fois descendu et remonté les escaliers, après avoir récupéré son précieux chargeur, elle ne se préoccupa même pas de l'état de délabrement de celui-ci. Mais son iPhone était à plat ! Or il était impérieux pour son entreprise qu'elle en reçût les derniers messages. Par conséquent, elle se hâta de rebrancher le chargeur endommagé dans la prise. C'est alors qu'elle s'électrocuta sous mes yeux. Moi, Winner, je vécus alors les derniers instants de ma battante, ses yeux me suppliant presque de trouver le moyen de téléphoner à son patron afin qu'elle succombât à plus grande promotion !

BALTHAZAR : Il est pourtant bien marqué dans les notices des appareils électriques de ne jamais en prolonger l'usage si ceux-ci ont subi un dommage !

WINNER : La compétitivité n'attend pas, mes amis ! L'urgence pour elle était de répondre aux derniers messages du jour !

LECHAT : Mon pauvre Winner, tu n'avais donc plus qu'à attendre son veuf de mari pour t'alimenter !

WINNER : Pensez-vous ! Il n'aura jamais appris le décès de son épouse ! J'appris les jours suivants d'un agent immobilier qui brièvement visita l'appartement en compagnie d'un de ses collègues… j'appris donc, figurez-vous, qu'il mourut le même jour qu'elle ! Ces deux visiteurs incongrus me décrivirent en détails la fin de notre carriériste. Ce même jour où disparut Victorine, il venait tout juste d'atterrir à Miami où son entreprise lui demandait d'animer une conférence. Exténué par toutes les tâches qui lui étaient confiées, il erra dans les rues malfamées de cette ville en quête d'un remontant pour pouvoir tenir le choc durant ce colloque. C'était ce qu'ils appellent un rail de coke et comme il était mal dosé, mon maître se serait écroulé en pleine conférence une heure plus tard. Dans une salle propre et lugubre, aux néons blafards, on le trouva affalé sur le long bureau posé sur l'estrade, les narines en sang ; il agonisa donc sous le regard horrifié de tout son auditoire ! Sous la table, le sang se mêlait au contenu de sa bouteille de Poland Spring qu'il venait de renverser : dans la salle, certains crurent alors naïvement que ce drame fut causé par l'eau minérale, après qu'un quidam la déclara empoisonnée au pétrole de schiste. Mais non ! Il mourut tout simplement d'une crise cardiaque suite à son overdose.

LECHAT : Tu t'es donc finalement retrouvé tout seul comme moi !

WINNER : Eh non ! Je ne faisais que commencer ma nouvelle existence de pacha. L'appartement sans héritier avait été oublié des services de l'État après la visite des deux agents. Il ne tarda pas être squatté par divers anarchistes. Mes nouveaux hôtes ne se gênèrent pas pour vider les congélateurs. Et tout y passa ! Et chacun en profita, mes squatteurs autant que le vétéran de cet appartement que j'étais ! J'en ai connu, des langoustes, des homards et des civets, vous pouvez me croire ! Nous fîmes un véritable festin, moi et ces joyeux drilles, un festin aussi luxueux que Singapour ! que n'aura jamais connu mon maître qui rêvait de cette ville, si je puis me permettre...

Mais que vois-je ? Un poulet à vos pieds ! Ce n'est quand même pas le genre de gibier nocturne que l'on croise par ces bois ! Comment pareille merveille a-t-elle pu atterrir en ces lieux ?

BALTHAZAR : Ce sont les restes que nous apporta un chat de passage dans les fourrés.

LECHAT : Je ne pense pas, mon pauvre Winner, que cela soit digne de tes festins. Je suis désolé de te rappeler ceci : langoustes et homards ne nagent que très rarement dans nos ruisseaux !

WINNER : Détrompez-vous !

BALTHAZAR : Des langoustes se promèneraient-elles dans nos plans d'eau ?

WINNER : Mais non ! Ce n'est pas ce que je voulais vous dire : je voulais simplement vous parler de ce poulet... Faites-y très attention ! Ne vous y leurrez pas ! De prime abord il semble plus savoureux et plus en chair que mes langoustes… mais vous ignorez les innombrables toxines qu'il peut contenir. Vous risquez la contamination !

LECHAT : Nous ne sommes pas des gourmets, tu dois bien le savoir ! Qu'importe le jambon, pourvu que la faim cesse ! Personnellement rien ne me fera renoncer à ce poulet !

WINNER : Misérable, tu n'y penses pas ! Il se peut très bien que cette viande ait été empoisonnée par l'Homme pour mettre fin à quelque renard du voisinage !

BALTHAZAR : Aucun souci ! Ce risque est à écarter puisque ce poulet était surgelé : nous avons même assisté — figure-toi ! — à sa décongélation !

WINNER : Là je vous arrête ! Qui vous dit que ce produit n'a pas été décongelé avant d'être recongelé ? La salmonellose vous guette, mes pauvres amis ! C'est un mal que je ne vous souhaite pas…

LECHAT : Ce Winner a décidément réponse à tout. Il finira par m'affamer !

BALTHAZAR : Winner a peut-être raison. Nous ferions mieux de nous remettre à la chasse aux mulots, ce sera plus sûr. Zac a fait preuve de bon cœur par son cadeau mais rien ne garantit la provenance du poulet qu'il nous a confié !

LECHAT : Nous nageons en plein bluff comme des langoustes dans une piscine ! Si je l'avais suivi depuis que je suis né, votre principe de précaution m'aurait fait mourir de faim depuis des lustres ! Puisque vous êtes si inquiets, je compte bien me sacrifier à votre place sur l'autel de la volaille et je serai alors votre goûteur !

WINNER : J'ai une meilleure idée, pourquoi ne pas me confier un de vos morceaux de poulet ? Je le fais goûter au chien du voisin, j'observe ensuite ses réactions et si rien d'inquiétant ne semble lui arriver, je reviens alors vers vous pour vous rassurer et vous pourrez enfin commencer votre repas sans crainte !

LECHAT : Monsieur ne se prive donc de rien ! Mais servez-vous donc !

BALTHAZAR : Voyons Lechat ! Ne soyons pas égoïstes ! Ce poulet ne nous a rien coûté, c'est un cadeau ! Nous pouvons bien céder à Winner un ou deux morceaux !

WINNER : Merci mon ami, attendez-moi vous deux ! Je vous confisque simplement cette part-ci. Je reviendrai dans un quart d'heure !

LECHAT : Je suis affamé... et j'enrage !

BALTHAZAR : Sois patient ! Il va revenir ! Pour te distraire, puisqu'il t'en coûte tant d'attendre, je te propose d'écouter une histoire abracadabrante... Il s'agit du rêve d'un pauvre hère qui dormait dehors, dans la rue, à côté des poubelles du château : une fois réveillé, il me l'exposa à haute voix tandis que je somnolais de tout mon long sur le balcon... Et ce rêve, je veux te le raconter comme s'il était mien :

LE VAGABOND DEVENU ROI

Le soleil se levait une nouvelle fois mais rien de très neuf ni de très réjouissant ni ne s'annonçait pour moi. Le café, comme une eau saumâtre, coulait goutte à goutte au fond de la verseuse en verre, d'un verre complètement opaque tellement la cafetière avait servi ; cela me rappelait le temps où j'étais encore salarié, quand je me dépêchais de boire goulûment mon café avant de partir au travail… Je ne travaillais plus mais je bus tout aussi rapidement ce café que si je rempilais…

Seul, et sans doute oublié de tous, je traînai dans cette chambre sans même avoir le courage de reployer les draps de ma couche, avant de me reculotter et de me diriger vers le hall avec aucun autre but que de vagabonder à travers la ville. Sitôt sorti du foyer d'accueil, je retrouvai la rue dans toute sa laideur… celle des innombrables voitures garées qui m'obstruaient la traversée, au milieu de ces passants sans doute empressés de regagner leurs bureaux respectifs. Je n'avais pas la tête à croiser mes anciens chefs et collègues. Le monde semblait triste et hideux comme à son habitude…

Et pourtant je sentis à ce moment précis qu'un changement s'opérait sous mes yeux : ou bien que ce monde eut changé par je ne sais quel imperceptible sortilège, ou bien que ce fut moi-même qui changeai sans que je ne m'en rendisse compte. Il ne s'écoula pas une minute avant que ma vie ne fût littéralement transformée. Cependant, quand je croisai mon propre regard dans le reflet d'une vitrine, je n'eus pas le moindre doute… Je n'avais aucunement changé physiquement, ni moralement d'ailleurs : c'était donc le monde qui changeait devant moi…

***

« Majesté ! Majesté ! » À entendre ces mots, le vagabond que j'étais ne sut plus où se mettre ! Je reconnus au loin cet étrange interlocuteur qui n'était autre que mon ancien patron ! Qui aussitôt s'agenouilla devant moi en me faisant maintes révérences pour que je le bénisse ! De même le Directeur des Ressources Humaines — lui qui me renvoya jadis ! — s'affala sur le trottoir à ma vue. Pensait-il me réembaucher…

Je regardais bien sûr avec perplexité cette incroyable mise en scène quand soudain en face de mon foyer je vis dévaler du garage une limousine blanche… De ces limousines qui, par le passé, ne me laissaient jamais traverser la rue, pas même sur un passage clouté ! Alors le chauffeur de cette limousine abaissa la vitre et m'interpella comme par dévotion : « Majesté ! Que Son Éminence veuille bien monter à bord de Sa limousine ! Je suis à Son service et j'ai veillé à mettre au frais Son champagne à l'arrière du véhicule. » Bouche bée, j'acquiesçai avant de monter à l'arrière : ce fut bien la première fois de ma vie que je me faisais conduire dans une telle voiture !

« Où donc Sa Majesté souhaite-t-Elle que je La conduise ? » À cette question, je ne sus que répondre… Mais une promenade au centre-ville me tenta sur le coup. Bien mal m'en eut pris quand je réalisai que partout la foule m'y assaillirait par la suite… Tout d'abord notre limousine fut arrêtée en plein chemin par une manifestation ouvrière… Je crus au départ à une manifestation syndicale, voire une révolte, que dis-je ! une révolution. Mais non, je me serais cru en Chine car les milliers d'ouvriers applaudirent à mon approche jusqu'à ce que le directeur de l'usine s'abaissât devant moi : « Que Sa Majesté soit assurée que notre usine Lui reversera l'intégralité de ses bénéfices. La technologie de demain portera Sa signature. » Puis, l'un après l'autre, chaque ouvrier déroula les plans de son travail et s'exclama : « La fusée de Son Altesse Royale ! » puis « la machine à laver de Son Altesse » avant un risible « Le fil à couper le beurre de

Sa Majesté ! » Le directeur de l'usine reprit la parole : « En marche ! Ouvriers ! Travaillez jour et nuit ! » Et la foule de reprendre en chœur avant de me libérer la voie : « Suons avec fierté pour Sa Majesté ! » Le directeur déroula un grand tapis rouge sur lequel la limousine roula et chacun retourna au travail.

Parvenu au centre-ville, je fis ensuite arrêter mon tout nouveau chauffeur devant ma boulangerie habituelle quand une charrette remplie de croissants et de brioches diverses en sortit aussitôt : la boulangère et le boulanger, transformés pour cette occasion en charretiers, ne tardèrent pas à me supplier d'embarquer l'ensemble de leurs viennoiseries dans la limousine et ceci gratuitement ! Je me contentai alors d'un croissant et d'une brioche chocolatée car mon appétit n'était pas des plus grands vu les troubles que j'éprouvai lors de ces évènements...

Qu'il semblait loin le temps où, pour une misérable baguette de pain, je me faisais sèchement rabrouer, même les jours où je ne demandais pas crédit, par ce même couple qui me savait sans le sou. La limousine s'était à peine arrêtée devant la boulangerie qu'une foule de tous âges la cerna par des cris hystériques. Un simple « S'il vous plaît ! » me suffit cependant pour obtenir que chacun s'écartât de la limousine et que celle-ci redémarrât sur le champ.

Je ne pus rentrer chez moi car mon chauffeur tint à me déposer devant l'immense château de la ville. Toute une foule m'y attendait, là encore. Au milieu d'elle, une fille captiva mon attention. Que diable n'aurais-je dû porter le regard sur elle... Immédiatement on imprima la photo de la malheureuse et les marchands de journaux crièrent la une du jour : « Demandez la promise au trône !

Photo en première page ! » À la suite de cet étrange évènement, toujours dans la cour du château, on installa une table en plein soleil pour m'y servir l'apéritif. Bien sûr mes ministres portaient les ombrelles pour m'abriter du soleil si radieux de ce jour. Trouvant cette situation fort ennuyeuse, je réclamai une feuille pour réaliser un dessin, dans le but surtout de calmer mes nerfs quelque peu éprouvés.

Picasso fut si réputé en son art que tous ses dessins devinrent infiniment plus chers que les objets qu'il dessinait ! On raconte d'ailleurs qu'il lui suffisait de réaliser une esquisse sur un coin de la nappe d'une table de restaurant pour que l'addition de son repas fût réglée ! Aucune automobile, ni même aucune maison, ne pouvaient rivaliser en valeur avec n'importe lequel de ses travaux. M'amusa-t-il alors de dessiner des figurines à mon tour, mais avec modestie dus-je avouer, qu'on criait déjà au génie autour de moi. Je vis même le directeur du Musée Municipal s'agenouiller en larmes devant l'un de mes dessins avant de m'implorer de le faire exposer dans son bâtiment !

J'étais donc devenu une sorte de Pablo Picasso pour ne pas citer le Roi Midas : tout ce que je croisais devenait or à mes pieds ! Pareillement je ne pouvais pas écrire ni même prononcer un seul mot en public sans qu'une foule d'éditeurs suivis d'imprimeurs et de libraires se bousculât jusqu'à moi pour éditer mes dires, en s'exclamant à voix haute : « Œuvres complètes de Sa Majesté, tome VII ! »

Je me réfugiai donc dans le château où tous les employés continuaient de se prosterner à chacun de mes passages ! Je voyais filer d'une pièce à l'autre les livreurs de caviar, de civets et de pâtisseries montées. Dès qu'ils me virent, les agents de ménage nettoyaient le sol à quatre pattes avant qu'un bataillon de sommeliers ne s'agenouillât pour me proposer les plus grands crus du monde au risque de me rendre ivre.

Exténué par cette incessante obséquiosité, je pris alors l'opportunité de me réfugier dans le parc du château. Mais les jardiniers m'aperçurent à leur tour et se mirent immédiatement à saccager le potager du parc dans le but de m'offrir tous les légumes disponibles ; je dus donc me glisser à travers les fourrés pour me dissimuler à leur vue mais ce fut peine perdue... Un orchestre prit place devant le buisson pour me jouer une symphonie. « Cessez ! Cessez ! » leur criai-je. Les musiciens cessèrent de jouer mais ne partirent point.

Peinant à respirer, dans le calme retrouvé, je levai les yeux au ciel : je vis enfin la première chose qui m'émerveilla réellement en ce jour : le vol des cigognes au dessus du château. J'en pleurai de jalousie, jaloux que j'étais de leur liberté. Puis je rentrai au château, m'assoupissant, mais une fois réveillé, que vis-je dans le château ? Une immense volière en verre où se débattaient de grands oiseaux : « Sa Majesté aime les cigognes, elles sont à Elle, Votre Altesse ! » me répondit le majordome...

Moi qui n'aimais les plantes et animaux que dans leur environnement naturel et sauvage, je fus consterné ! J'eus beau protester face à tous ces excès, rien n'y fit ! Je m'écroulai donc une nouvelle fois dans mon fauteuil damassé de fils d'or en m'exclamant : « Je n'en peux plus ! Un café s'il vous plaît ! » Aussitôt un bruit d'enfer fit vibrer les vitres du château : un hélicoptère atterrit dans la cour ! De cet hélicoptère directement venu d'Éthiopie trois hommes sortirent immédiatement, chacun portant un sac de grains torréfiés de moka en direction des cuisines du château. « Sa majesté désire sans doute ensuite son digestif... Cognac ou armagnac ? » revint me dire le majordome. Dans la cour, les tonneliers charentais et occitans restaient bien sûr suspendus à ma réponse.

Il me fut donc impossible de me retrouver seul. Le soir approchait et l'heure était venue de trouver un stratagème pour échapper à cette orgie de soumission ! Ni vu, ni connu, je m'emparai alors du pauvre valet de chambre que j'avais sous la main avant de le déshabiller pour malicieusement lui subtiliser son accoutrement... Malheureusement l'intrigue ne réussit point et tout un régiment de gendarmes se jeta alors sur mon pauvre valet déguisé en roi avant de le déshabiller et, me sembla-t-il, de l'envoyer aux galères...

J'eus beau préciser ensuite être le responsable de cette triste pantalonnade, nul ne me crut. Le valet fut éconduit ; quant à moi, je dus me laisser rhabiller en tenue de roi par tous les autres serviteurs qui semblaient prêts à s'entretuer pour gagner l'honneur de vêtir leur souverain ! Mais je ne voulais pas me résigner à finir ma vie en triste sire...

***

Au terme de cette harassante journée, c'en fut assez pour moi. Je demandai alors à rejoindre mon Jet privé, direction les Tropiques : bien évidemment le commandant de bord de l'avion tout comme le copilote, à genoux devant moi à leur poste, obtempérèrent sans poser de question ! La nuit fut longue dans les airs mais j'étais bien décidé à quitter mon château pour entamer une nouvelle vie... Et j'étais désormais disposé à rendre visite à mon sauveur...

Une fois atterri au milieu de la jungle, en pleine nuit, je rencontrai enfin mon homme providentiel, le Sorcier

Caméléon, réputé pour son art de la métamorphose plus que tout alchimiste en ce monde. Alors très vite je l'interpellai : « Toi qui sais changer tout être en toute autre créature, transforme-moi en la bestiole la plus vile, la plus haïe qui soit ! Car je n'en peux plus d'être aimé ! Je ne veux plus jamais être adoré !

— Très bien ! répondit le sorcier au masque de caméléon. J'exaucerai ton vœu, qu'il en soit ainsi !

— Je veux être libre, libre enfin de ne plus voir ces hommes qui se prétendent libres se courber devant moi, simplement par lâcheté ou par intérêt.

— Quelle créature te paraît donc la plus repoussante à tes yeux ? Dis-le-moi et tu en seras !

— Un cloporte ! Oui, un cloporte ! Fais-moi cloporte jusqu'à la fin des temps !

— Soit ! Cloporte tu veux être ! Cloporte tu seras ! Jusqu'à la fin des temps ! »

Aussi me retrouvai-je enfin cloporte le lendemain matin ! Dans la boue et sous une pierre, à l'abri des regards obséquieux des humains. Mais que vis-je alors devant moi… Misère ! Quand une foultitude de cloportes vint à moi, tout en se prosternant à leur tour devant moi ! Tous grouillaient et tournaient autour de moi sans vouloir me lâcher !

Même docilité, même amour niais : le calvaire se poursuivait et je ne pouvais toujours pas m'en prémunir : les cloportes étaient donc comme les hommes, des prédateurs voraces voulant tous me dévorer des yeux ! J'étais donc devenu le souverain des cloportes et pour le plus grand de mes malheurs le serais pour toujours. Ainsi contre mon gré finis-je roi… Roi des Cloportes !

LECHAT : J'en déduis qu'à force d'optimisme béat, on finit chez les cloportes ! Un peu comme nous deux car, vois-tu, le quart d'heure s'est largement écoulé ! Et nul Winner à l'horizon... Je crains que son goûteur de chien n'ait jamais existé que pour nous berner ! Ton histoire m'a certes diverti mais la faim me reprend déjà ! Au diable, les toxines et les poisons à renard ! Cette fois-ci, tu ne m'empêcheras pas d'entamer notre poulet ! Et je n'aurai pas la naïveté de croire que notre Winner a laissé sa part de viande de côté...

BALTHAZAR : Je crains, Lechat, que tu n'aies raison ! Si je puis m'exprimer familièrement, ce Winner nous a pris pour de vrais losers ! Le beau parleur s'est bien moqué de mes bons sentiments ! Je m'en veux à présent... Je te laisse donc ma part tout en concédant que tu as eu raison !

LECHAT : Je ne t'en veux nullement, mon cher ami, et si j'arrive à te convaincre que ce repas est inoffensif, sois sûr que je te garde ta part de ce qui nous reste de poulet ! Et sur ce, bon appétit !

BALTHAZAR : Merci et bon appétit à toi !

17
Heureux qui comme Ulysse…

ULYSSE : Bon appétit à vous deux, chers promeneurs !

LECHAT : Ce poulet est une vraie malédiction ! L'espoir de le dévorer s'envole avec lui !

BALTHAZAR : Oui, décidément, cette volaille attise la convoitise de la félinité tout entière !

ULYSSE : N'ayez aucune crainte ! Je n'entamerai pas votre repas car ce soir je suis repu !

LECHAT : Me voilà rassuré ! Nous sommes enchantés de te connaître ! Moi Lechat et lui Balthazar. Quel bon vent t'amène ?

ULYSSE : Moi, je suis un chat globetrotteur car le chat d'un globetrotteur : mon maître m'appelle Ulysse. Lui s'appelle Jean-Arthur Bernard mais il se fait appeler Mad Gellan sur son compte Facebook : Il faut dire à cet effet qu'il se compare parfois à Magellan… Depuis qu'il hérita de la bijouterie de ses parents, il parcourt terres et mers, comme le grand navigateur qu'il admire, et m'emporte avec lui dans ses voyages. Du coup, j'ai dû accomplir moi aussi ma circumnavigation dans les airs, en faisant maintes fois le tour de la Terre dans ma chatière à travers les nuages !

LECHAT : Le tour de la Terre ! La Terre serait-elle ronde ?

ULYSSE : Bien sûr ! Vous ne le saviez donc pas ?

LECHAT : Je la croyais plate comme une assiette de lait !

ULYSSE : Réfléchissez donc un peu ! Si elle était si plate, votre lait déborderait ! Vous n'êtes donc jamais sortis de vos buissons !

BALTHAZAR : Oh que non ! Mais continue de nous en raconter, cela m'intrigue au plus haut point !

ULYSSE : Moi, je peux vous assurer que j'en ai vu, des merveilles de par le monde… Des superbes vagues turquoise sous les cocotiers jusqu'aux immensités glacées des Himalayas. Des marbres éblouissants des mausolées des déserts jusqu'aux gratte-ciel illuminés de l'Orient. Ici, les chutes gigantesques des grands fleuves des Amériques, là, les étranges Hoodoos du Far West ou bien d'Anatolie. Que de splendeurs, mes amis ! Mais des choses abjectes aussi…

Et quel calvaire que l'avion, mes amis ! Vous n'imaginez pas à quel point ces voyages en cabine sont éprouvants avec tout le boucan qui y règne… cet air conditionné à vous faire éclater les oreilles ! Tout cela vous fait regretter le plancher des rats, je vous le garantis !

LECHAT : J'en ai le tournis ! Jamais je ne serais monté dans ces engins qu'on voit filer dans le ciel.

ULYSSE : Une fois revenu à terre, je peux enfin souffler ! Alors on visite au plus vite les temples du pays, qu'ils soient mayas, hindous, bouddhistes ou autres ! On peut enfin s'y prélasser comme un yogi en pleine méditation…

LECHAT : En pleine méditation… Comme…

BALTHAZAR : Mahayana…

ULYSSE : Mahayana, diable ! Mais vous me parlez du fameux chat du fameux Albrecht ! Celui qui vit à deux pas d'ici…

BALTHAZAR : Lui-même !

ULYSSE : Figurez-vous que Jean-Arthur et moi croisâmes son maître en Asie, pas plus tard que l'hiver dernier. Après qu'il reconnut ce bouddhiste de chez nous, Jean-Arthur se dépêcha de l'approcher et de le saluer, tout surpris qu'il fût de le retrouver à mille lieues de leur même ville d'origine !

Laconiquement, comme à son habitude, Albrecht le salua tout de même en retour, marmonnant une sorte de bonjour ramolli qui n'avait même pas la chaleur d'un Aum ! Ce curieux Albrecht se tenait debout devant nous, les bras ballants, dans son espèce de toge de couleur orange…

LECHAT : Orange ?

ULYSSE : C'est que le sieur tenait à ce qu'on le traitât en bonze, pour ne pas dire comme Bouddha lui-même dans son ultime réincarnation… Ce que ne fit pas Jean-Arthur qui naïvement l'interpella en osant un…

« Quel bon vent t'amène dans ce pays lointain, Albrecht ? Tu fais donc du tourisme ?

— Du tourisme ? Du tourisme ? s'écria l'Albrecht, prenant alors son air offusqué. Je n'ai pourtant pas l'air d'un touriste… À moins que tu ne confondes divertissement et méditation ! Du tourisme… Pas pour un philosophe comme moi… Dans ce pays, vois-tu ! j'apprends les diverses postures du yoga et je médite, un point c'est tout. Je me cantonne aux seuls monastères. Tu comprendras donc que je ne perds pas mon temps à faire la tournée des dancings du coin… Ces bouges, je les laisse aux hystériques, qu'ils s'y divertissent aussi longtemps qu'ils le souhaitent ! »

Jean-Arthur ne répondit rien à ces propos condescendants… Ce fut comme si le Nirvâna se dérobait sous ses pieds tandis qu'Albrecht s'y élevait de toute son arrogance, poursuivant :

« Thé, jeûne et méditation, un bol de riz par mois… Mon pauvre ami, tu ne tiendrais pas le coup si tu me suivais ne serait-ce qu'une journée ! Mais bon voyage à toi ! Amuse-toi bien avec ton chat ! »

Un rictus aux lèvres, le Bonze Albrecht pivota alors sur lui-même avant de flâner au loin, ou plutôt — Que Sa Sagesse me pardonne ! — méditer en marchant…

LECHAT : Les chiens ne font pas des chats ! À t'entendre, on croirait Mahayana réincarné en Albrecht dans toute sa prétention…

BALTHAZAR : Tel chat ! Tel homme !

ULYSSE : Toujours est-il que Jean-Arthur voulut relever le gant… En effet nous nous prîmes au jeu de suivre de près le Grand Maître de la Méditation pour en connaître un peu plus quant à sa vie d'ascèse ! Nous avions hâte de visiter le monastère qui l'attendait, un monastère sans doute réservé aux hôtes les plus austères… Et donc nous tournâmes, première à gauche, deuxième à droite… Enfin l'étrange agent orange à quoi ressemblait Albrecht s'engouffra dans une ruelle sale et boueuse avant que de disparaître dans un recoin, derrière une bâtisse sombre aux murs décrépis et noircis.

BALTHAZAR : Il devait donc y faire vœu de chasteté et de pauvreté...

ULYSSE : Attendez la suite, mes amis ! Vous en saurez davantage... Nous patientâmes alors quelques minutes, puis, désireux de pénétrer les lieux, Jean-Arthur toqua à la porte. Enfin l'on se décida à nous ouvrir et que croyez-vous que nous découvrîmes ?

LECHAT : Raconte ! J'en pouffe d'avance...

ULYSSE : Albrecht dans la pénombre, sur un canapé tout fripé, comme lui d'ailleurs ! Oui, Albrecht... nu comme un sadhu ! Une coupe de Bloody Mary à la main gauche et un billet qu'il tenait dans l'autre, tandis qu'une jeune fille tout aussi dénudée se déhanchait derrière lui, comme une houri servant son Bienheureux !

BALTHAZAR : Grands Dieux ! Par mon karma !

LECHAT : Mais ce monastère est un bordel !

MAHAYANA : Bande de médisants ! Calomniateurs abjects ! Je vous écoute depuis le rebord de ma fenêtre ; ne croyez pas que je vais vous laisser souiller notre réputation de sages avec autant d'irrévérence !

ULYSSE : Mon pauvre Mahayana, désolé de te révéler tout ça ! Mais j'y étais et tu n'y étais pas, toi qui restais cloîtré à la maison, nourri par Luc ! Oui, ton maître se trouvait sur ce canapé... Je te le jure devant le Seigneur Chat !

MAHAYANA : Ah, ne jure pas, menteur ! Et ne mêle pas notre fidèle Luc, l'adepte de mon maître, à tes balivernes ! La non-violence a ses limites, tout comme l'anarchie...

Je m'en vais descendre pour te bâillonner la gueule d'un coup de griffe, tu vas voir… et sentir mon coup de patte !

BALTHAZAR : Tu n'étais pas obligé de nous écouter depuis ta fenêtre ! La religion devrait pourtant t'enseigner la tolérance…

MAHAYANA : La tolérance ! Comme disait jadis un ambassadeur à Rio, la tolérance… Il y a des maisons pour ça !

LECHAT : Justement, c'est le genre de maison que connaît bien ton maître…

MAHAYANA : Gougnafier ! À toi aussi, je m'en vais te donner une leçon, tu…

BALTHAZAR : Tiens ! Voici qu'Albrecht récupère Mahayana et referme la fenêtre !

ULYSSE : Tant mieux ! Nous pourrons enfin bavarder plus sereinement !

LECHAT : Et avec zen, mes amis !

ULYSSE : Ne vous laissez pas endormir par de tels individus, gavés de zen emballé sous vide ou de spiritualité factice ! Vous ne vous imaginez pas la désillusion que je connus lors de notre voyage aux Indes… Une fois sortis de cette maison douteuse, là-bas, nous avons sillonné bien des rues où mendiants et estropiés nous accostèrent sans cesse. Moi qui croyais au bonheur dans la simplicité… Quand dans ce pays je rencontrai nos congénères, ces pauvres chats errants des villages comme des bidonvilles, mes yeux se remplirent de larmes de tristesse comme de colère, je vous assure !

BALTHAZAR : La vie dans ces contrées exotiques est-elle donc si affreuse ?

ULYSSE : Je peux à cet effet vous rapporter le récit que me fit de sa misérable existence un chat, un chat d'un bidonville que mon maître et moi traversâmes :

BONS BAISERS DES INDES

« Écoute, cher visiteur, me dit-il en gémissant, l'histoire du pauvre chat paria que je suis ! Je suis né dans ce bidonville, il y a un an hélas ! Tu peux deviner ô combien il me tarde de quitter cette misérable existence pour en changer au plus vite… Comme tu t'en doutes, je suis un chat de mauvais karma, condamné à vivre dans la poussière et les excréments, vulnérable à toutes les maladies qu'ils colportent, tandis que les chats brahmanes, du haut de leurs balcons, me toisent avec mépris : ils me jettent ici ou là les restes pourris de leurs festins, quelques abats et os décharnés… Et je dois me satisfaire de cette maigre pitance avant que de déblayer les rues sous leurs yeux hautains. De leurs balcons, ils narguent aussi les plus malchanceux d'entre nous à qui l'on coupa une patte dès leur plus jeune âge pour mieux les faire mendier…

(BALTHAZAR, LECHAT : Ha !)

Oui, leurs maîtres les font mendier dans le seul but de leur dérober la pâtée, seul gain de cette mendicité. Mais dans la misère, hélas ! on se méprise parfois entre misérables, incapables de se coaliser contre ces tortionnaires… Pour comble de malheurs, le climat vient également s'ajouter au supplice avec en prime la mousson qui nous oblige souvent à fuir nos abris inondés et le soleil torride qui nous écrase de chaleur le restant de l'année.

Et je ne vous parle pas des nombreux accidents, des trains déraillant, des bus se renversant sur la chaussée, jusqu'à nous écraser, nous, les chats, dans ce pays où chacun s'empresse de périr, dans l'espoir d'un malheur moins affreux dans une prochaine vie. Ah mon ami, prie pour que la prochaine de mes vies de chat soit la neuvième et la dernière !

Et qu'on ne m'y réincarne pas en homme ! Tu n'imagines pas la misère que les hommes vivent également dans ce pays… Leur vie y est pire encore que la nôtre, tellement affreuse qu'ils souhaitent même se réincarner en vache plutôt qu'en humain ! Mais en ces temps que nous vivons, il ne s'y écoule que des années de vaches maigres… à tel point que, dans nos rues, même les vaches y sont condamnées à mâcher du papier gras pour survivre…

(**LECHAT** : Quelle horreur !)

Alors parvenir au Paradis des chats… c'est comme demander l'impossible mais il faut bien s'y raccrocher… On se raccroche à cette religion en se disant que, dans notre prochaine vie, ce sera sans doute notre tour de jouer les chats brahmanes ! Tu comprends donc pourquoi chacun mendie sans se révolter, gageant que ce soit la meilleure voie, celle d'une meilleure incarnation !

J'avoue souvent rechigner à suivre les préceptes sacrés mais je concède tout de même un minimum de temps et de labeur aux rites quotidiens. Quant à mes congénères résignés, ils ont à peine la force de prier les dieux des chats et de déposer comme offrande au sommet d'un temple une souris malingre… Souvent la souris qu'ils sacrifient s'avère elle-même desséchée, quand elle n'est pas périmée ! Car personne n'est dupe en ce monde… Tout le monde sait que si la souris que l'on dépose au temple est encore fraîche et charnue, ce ne sera pas un dieu qui la dévorera mais bien plutôt l'un de ces chats brahmanes, les seuls habilités à pénétrer au Saint des Saints des temples et donc à y dérober les offrandes...

(**BALTHAZAR** : Doux Shiva !)

Mais Shiva ne se laissera pas duper par de tels stratagèmes et les dieux sauront reconnaître au jour de notre mort nos vrais torts et mérites... En attendant, dans les embouteillages, je suffoque dans l'air vicié par les pots d'échappement. Je lape les flaques d'eau souillées par les rejets des usines voisines. Je combats les fièvres incessantes et multiples, dues à tous les insectes qui m'assaillent... tout en priant que mes chatons ne connaissent pas à leur tour un karma aussi cruel... Voilà, chanceux visiteur, ce que je dois endurer chaque jour de ma triste vie ! »

LECHAT : Ce chat subit un destin bien plus misérable que votre Lechat...

BALTHAZAR : Visiter de pareils pays tient tout de même du voyeurisme...

ULYSSE : Je n'en pense pas moins, Balthazar ! Et je suis loin de consentir à toutes les visites que me contraignit à faire Jean-Arthur !

BALTHAZAR : Les humains ne font-ils du tourisme que pour voir la misère de plus près ?

ULYSSE : Oh, si peu ! La plupart préfèrent voyager pour jouir de nouveaux divertissements : pensez au yoga de ce cher Albrecht ! Et vous ne connaissez pas tous les vices du Beach Bar que j'eus l'occasion de fréquenter...

LECHAT : Raconte...

ULYSSE : C'est comme si je m'y trouvais de nouveau...

BONS BAISERS DU BEACH BAR

De la paillote du Beach Bar, on pouvait admirer le ballet incessant des avions qui tantôt atterrissaient, tantôt décollaient. Une foule de touristes qui se renouvelait sans cesse, au comptoir de ce bar... Tous y titubaient, même Jean-Arthur, à vrai dire ! Chacun peinait à tenir à la main son gobelet d'alcool local plus ou moins douteux, allongé au jus d'orange industriel. Chacun de ces visiteurs hésitait à se déhancher sur la musique de dance à la mode martelée par les enceintes. Puis les filles autochtones à moitié dénudées se pressaient contre leur flanc, visiblement excitées d'approcher le mâle exotique au plus vite...

Si tous ces touristes étaient si imbibés, c'est qu'à raison d'un seul dollar le gobelet bien rempli, ils rattrapaient le temps perdu... Comme pour rentabiliser leur billet d'avion, ils oubliaient leur pays d'origine, où trop longtemps ils se forcèrent à l'abstinence, en empilant ici-même les verres sans les compter. Les filles du bar, quant à elles, s'impatientaient de se faire conduire à l'hôtel par l'un d'entre eux et, quand un de ces touristes se décidait enfin, elles lui enjoignaient de glisser un billet au videur du Beach Bar... dont elles dépendaient ! Pendant ce temps, les garçons du pays se pressaient de balayer et de servir toute la nuit pour un misérable dollar...

(**LECHAT** : Pour un dollar ?)

Un dollar, aussi, oui ! Tandis que les jeunes touristes se débarrassent de leurs dollars, les autochtones se désespèrent à en récupérer un seul ! Et tout cela à cause du cours de la monnaie... Car croyez-vous que les habitants de ce pays de débauche soient plus paresseux ? Que nenni. Ils travaillent même davantage que leurs clients travaillent dans leurs riches contrées d'origine ! Mais — Que voulez-vous ! — la dette héritée sans qu'on leur demandât leur avis, la balance déficitaire du commerce extérieur... Tout cela décide pour vous si vous devez être riche ou pauvre et qu'importe le nombre d'heures consacrées au travail.

(**BALTHAZAR** : La méritocratie !)

Le cours de la monnaie décide en effet du sort des habitants de chaque côté des frontières... Et vous saurez quelle rive sera transformée en bordel et casino ! Pour complaire à leurs riches hôtes, les locaux les imitent aussi parfois... hurlant et titubant, se dénudant le torse... feignant de trinquer d'égal à égal... Comme par revanche, les policiers dénichent de temps à autre de la drogue dans les poches de ces touristes, non sans la complicité des dealeurs... Les autochtones se consolent alors en regardant ces riches nigauds monter à l'échafaud !

Dire qu'il suffirait d'un krach dans le pays le plus riche pour que le cours des choses s'inverse ! Et vous verriez ses hommes balayer ou marteler les boulons, ses filles encouragées à satisfaire les besoins des nouveaux prédateurs. Il suffit donc d'être du bon côté de la frontière... Voilà en quoi se résument ces fameuses relations internationales !

BALTHAZAR : Quelle solidarité entre les peuples !

LECHAT : Et ton maître ? Que préfère-t-il ? Fréquenter les bidonvilles ou bien les dancings ?

ULYSSE : Ah ! Jean-Arthur, sa passion, c'est les ruines !

BALTHAZAR, LECHAT : Les ruines ?

ULYSSE : Oui, les ruines ! Les ruines mayas, toltèques, zapotèques et j'en passe… Oui, rien que des pierres !

BALTHAZAR, LECHAT : Mais ça ne se mange pas !

ULYSSE : Que voulez-vous ! Il vendrait père et mère pour une pierre ! Ah, du béton et des pierres, je m'en vais vous en faire manger…

BONS BAISERS DES RUINES ANTIQUES

C'était au Pérou. Les brumes se dissipaient et Jean-Arthur s'impatientait de découvrir les ruines du Machu Picchu cachées sous le Huayna quand une vague de touristes submergea le tout… Ébloui par les flashs incessants, mon maître fut comme sidéré. Malgré la jauge mise en place par le gouvernement péruvien, il peinait à se faufiler dans les ruelles. En effet, il fallait désormais réserver des semaines à l'avance pour obtenir le droit de se promener ne serait-ce que quelques heures sur le site… Lui qui était venu admirer l'architecture monolithique inca, il arrivait trop tard face à la horde de conquistadors que les caravelles de Boeing et d'Airbus avaient fraîchement débarqués jusqu'ici ! Et voulut-il prendre une photo du site qu'il découvrit dans le même temps sur le moniteur de son appareil tous ces badauds en train de se photographier ! Vous parlez d'un beau poster, les perches à selfie au milieu du sanctuaire !

Soudain dans cette foule, on entendit des « Annie ! Annie ! » qui se répétaient encore et encore. Cinq minutes plus tard, on retrouva cette fameuse Annie engloutie par tout un troupeau de touristes. La pauvre Annie avait en fait tenté de prendre le large, mais elle ne s'était pas éloignée de dix mètres de son groupe que le guide se dépêcha de la retrouver non sans la rappeler à l'ordre.

(**LECHAT** : Tous en rangs !)

Oui, tout est rentré dans le rang ! Et nul ne s'est plus égaré… Si vous croyez pouvoir vous promener seuls, détrompez-vous ! Le Taj Mahal, comme nos concerts chez nous, exige aussi une jauge de visiteurs… Voulez-vous vous engouffrer dans la jungle, que les quatre-quatre défilent devant vous, sans parler des soi-disant gardes forestiers qui vous demandent papiers, autorisations et paiement bien sûr… contre quittance ou alors sans… Inutile d'aller si loin… Même au cœur du Jura Suisse, vous vous croirez seuls, mais non ! mes pauvres amis ! Les touristes y affluent jour après jour des quatre coins de la planète jusqu'au fin fond des sapins !

Nous en visitâmes des mille et des cents, de ces sites à ruines : Jean-Arthur semblait se pâmer devant toutes ces briques mais pour moi il ne s'agissait ni plus ni moins que tas de cailloux ! Monolithes incas ou monolithes de Gizeh… Pierres perdues dans la jungle maya où vous êtes priés d'attendre que le Serpent à Plumes y trône ! Pierres perdues dans la steppe d'un soi-disant caravansérail qui regorgerait d'or et d'encens ! Pierres perdues dans la vase où l'on vous invite à vous baigner comme au temps des thermes romains !

Mais ce qui me laissa franchement perplexe, ce furent les tumulus celtiques, tout comme les tombeaux amérindiens… Si vous vous attendez à d'immenses mausolées de marbre étincelant, vous serez alors vite déçus du voyage, je peux vous le dire… Car ces tumulus ne sont rien d'autre que des monticules de verdure où seules des vaches y trouveraient leur bonheur, tant il y a d'herbe à y brouter ! Je pourrais aussi bien vous parler de menhirs et de dolmens, de Stonehenge jusqu'à Carnac, mais là non plus, vous n'y reconnaîtrez pas davantage la patte de

Michel-Ange...

Quant aux bâtisses modernes, j'avoue m'en être également lassé... Toujours ces mêmes gratte-ciel hautains qui poussent partout sur cette planète, dans les pays les plus riches comme dans les plus misérables. Pas un seul qui n'ait son Financial and Shopping Center ! De New York à Pyongyang, en passant par Kigali ou Phnom Penh ! Ici un gratte-ciel qui claire bleu la nuit, un autre qui clignote jaune, un troisième à LED passant du vert au rose ! Sans parler du comble du mauvais goût... un gratte-ciel anglais en forme de cornichon voire de suppositoire !

(BALTHAZAR : C'en est presque vulgaire !)

Mais ces mégalopoles semblaient tout de même séduire Jean-Arthur. Moi, je n'en pouvais plus de ces embouteillages, de cet air irrespirable et de ces foules grouillantes, tout ça, partout à l'identique ! En y pensant encore maintenant, je trouve ces villes tellement invivables que je ne comprends pas qu'on puisse y dormir et y manger à des prix aussi exorbitants. Je vous avouerais que je les eusse préférées en ruines, ces villes dernier cri... Imaginez un peu ! qu'il ne reste plus que deux ou trois parpaings de leurs tours géantes... l'un qui continue de clignoter jaune dans le fossé, un autre plus loin dans les égouts qui passerait du rose au vert... leur cornichon en rondelles eût été plus attrayant !

Oui, pour revenir à ces ruines, pas de quoi en faire un fromage, je vous assure ! Supposons que l'on brûle les chalets dans les alpages d'Avoriaz ou que l'on rase les HLM des banlieues, je mets ma patte à couper qu'aussitôt, le lendemain, des hordes de touristes se précipiteront d'Asie comme du Chili pour y admirer les ruines encore fumantes de l'ancienne civilisation du ski et des cités dortoirs !

Mais loin de moi à présent toutes ces pierres, car certaines d'entre elles furent de trop mauvais souvenirs pour moi. Oui, je repense à ces temples hindous où l'on vous jette des pierres sans que vous ne sachiez pourquoi ! Et puis ces pierres ne sont-elles pas toutes ensanglantées... du sang de leurs bâtisseurs comme de celui des victimes sacrificielles sur l'autel ! Alors des pierres, j'en aurai assez vu...

(**LECHAT** : Tu en auras assez mangé !)

Et j'en viens désormais à admirer ma belle petite cascade à la sortie de notre village, mon beau petit Niagara à moi qui m'émerveille autant que le vrai... Et le petit étang sous les saules, où barbotent quelques grenouilles, derrière ma maison, n'est-il pas digne des plus belles mangroves ? J'aime à en faire le tour comme on va à la plage. Notre vieux moulin en pierre de taille n'est-il pas aussi ingénieux que toutes les pyramides de la Terre réunies ? Enfin les trois pierres en rond d'un théâtre romain ne vaudront jamais notre joli lavoir de toujours.

Ah, mes amis ! Quelle joie pour moi de revoir de mon petit village...

BALTHAZAR : Désolé, Ulysse, mais je n'y entends plus rien, tellement cela hurle et crie à présent...

LECHAT : Oui, quel barouf dans cet appartement, si tu me passes l'expression !

BALTHAZAR : Je ne te le fais pas dire... C'est inquiétant.

ULYSSE : Si vous vous sentez prêts à conjurer la peur, suivez-moi ! Je serais d'avis d'ausculter les lieux de plus près...

BALTHAZAR : En sautant prudemment sur le rebord de

fenêtre, je te suis !

18
Le chat stupéfié

FLIP : Ha ! Qui encore ?

LECHAT : Pas de panique ! Tu dois courir un grand danger mais nous voici à ta rescousse !

FLIP : Depuis que je suis né, j'ai l'habitude, vous savez !

ULYSSE : Mais pourquoi donc tous ces cris, ce vacarme ?

FLIP : Tout est presque normal, figurez-vous ! Cela se passe tous les jours ainsi, enfin presque…

BALTHAZAR : Je peux t'assurer que dans mon château le calme règne !

FLIP : Oh pour moi c'est une soirée calme car, croyez-moi, j'ai connu pire ! Car si mon hôte n'a pas eu la dose qu'il attendait, au moins a-t-il trouvé ce soir de quoi humer…

BALTHAZAR : D'où ce parfum envahissant dans ce couloir…

LECHAT : En effet… Quelle étrange odeur, âcre et suave à la fois ! Cela aurait inquiété notre ami Éthanol !

ULYSSE : Mais c'est qu'il casse tout ! Les vapeurs ne semblent pas le calmer.

FLIP : Oh ! Ce genre de vapeur ne calme pas tout le monde… Et certainement pas lui ! Surtout quand il se trouve en manque de sa seringue !

BALTHAZAR, LECHAT : De sa seringue ?

FLIP : De sa dose… qui ne le calme guère non plus ; toutes les aides sociales y passent… quand il ne traficote pas lui-même dehors…

LECHAT : Mais je vois que tu boites !

FLIP : Cela fait déjà longtemps qu'il me cassa la patte avant droite dans ses accès de fureur… Mais je suis endurci et sais me battre, en témoignent mes oreilles écorchées par nos congénères ! Et, croyez-moi, je saute mieux sur mes trois pattes restantes qu'un mouton à cinq pattes !

ULYSSE : Attention ! Il vient vers nous !

FLIP : Même après des années, j'en ai encore le poil qui se hérisse. Mais que hurle-t-il à présent ?

BALTHAZAR : « Je vais te fumer, Flip ! », je crois…

ULYSSE : Quelle horreur ! Tiens, Lechat, renverse la bouteille d'huile !

LECHAT : Voilà qui est fait ! Ça y est, il glisse, il est par terre !

BALTHAZAR : Grands dieux ! Il se relève déjà !

LECHAT : C'est que le junkie est tenace !

ULYSSE : Il me court après avec son hachoir ! Au secours !

LECHAT : La fenêtre reste ouverte…

BALTHAZAR : Ulysse, saute par la fenêtre !

LECHAT : Ah ! Tu l'entends crier : « Un chat noir ! Un chat noir ! » C'est à moi qu'il en veut à présent !

BALTHAZAR : Oui ! Mais qui vois-je entrer par la même fenêtre ? Satan ! Satan est ton sauveur, Lechat !

SATAN : *Dulce bellum inexpertis.* Prends ce coup de griffe, l'ami junkie !

LECHAT : Bravo Satan !

BALTHAZAR : À mau chat, mau rat ! Il a ce qu'il mérite, glorieux Satan !

LECHAT : Mais c'est qu'il reprend du service ! Avec la tronçonneuse à présent…

BALTHAZAR : Halte au massacre !

LECHAT : On se croirait au Texas, fuyons !

SATAN : Regardez ! Le vent a ouvert la porte, tous dehors, les compères ! Flip a préféré sortir par la fenêtre ! Suivez-moi, vous deux qui restez…

LECHAT : Nous y sommes… Zut ! C'est une porte qui donne sur la rivière ! Nager, quelle horreur !

SATAN : Saute dans la barque, Lechat, rejoins-moi ! À ton tour de bondir, Balthazar ! Ça y est, vous y êtes les deux… Je mords et détache la corde, je vous rejoins !

BALTHAZAR : Enfin ! Nous y sommes les trois ! Et le courant nous emporte ! Vite ! Vite ! Le forcené se rapproche…

SATAN : Sauvés ! Nous sommes sauvés !

BALTHAZAR : Le courant nous emporte…

SATAN : Autant en emporte l'étang ! Ne vous inquiétez pas ! Je connais très bien ce moyen de transport…

LECHAT : Mais qu'allons-nous faire dans cette galère ? L'aube montre son nez et nous dérivons. Nous risquons désormais d'errer dans cette barque pour de longues heures ! Et là, je suis franchement exténué par toutes ces aventures !

BALTHAZAR : Un peu de courage, les amis ! Chantons notre hymne national pour nous en redonner !

SATAN : Tout à fait d'accord, Balthazar !

BALTHAZAR, LECHAT, SATAN : Chantons !

LA MARSEILLAISE DES CHATS

Allons ! Chatons de la Prairie !
La nuit de gloire est arrivée !
Contre nous de la tyrannie,
La béante gueule est dressée ! (Bis)

Entendez-vous dans les campagnes
Rugir ces féroces clébards ?
Ils fouinent jusques aux placards
Afin d'égorger vos compagnes.

Hérissez-vous, félins !
Sortez griffes et crocs !
D'un bond ! D'un bond !
Leur bave impure
Nous cire la toison !

LECHAT : Malgré notre ferveur nationaliste, je vous avouerais que, plus que le courage, c'est toujours et encore le sommeil qui vient à moi !

SATAN : Tout comme moi finalement !

BALTHAZAR : Contrairement à vous, je ne puis me résoudre à dormir. L'inconnu m'effraie, je ne le nierai pas, mes amis ! Quand je regarde ces flots sombres qui ne reflètent même pas le soleil qui se lève, les idées noires me gagnent… Nous errons sur le Styx ! Mais nul Charon pour nous guider sur ces flots ! Nous voici comme Ulysse, condamnés à faire le tour du monde malgré nous…

LECHAT : Surtout… nous n'avons rien à manger sur cette barque !

SATAN : Et nous n'avons pas l'air d'être près d'arriver à bon port ! Jusqu'où allons-nous dériver ? Mystère…

BALTHAZAR : Mon château ! Il s'éloigne en amont ! Mais quelle contrée nous attend désormais ?

LECHAT : Moi, je donne ma langue au chat !

à Mina, Titus, Calinou et bien d'autres…